내가 제일 잘 나가는 재벌이다

봉황송 현대판타지 장편소설

내가 제일 잘나가는 재벌이다 14

초판 1쇄 발행 2024년 11월 25일

지은이 ㅣ 봉황송
발행인 ㅣ 최원영
편집장 ㅣ 이호준
편집디자인 ㅣ 박민솔
영업 ㅣ 김민원 조은걸

펴낸곳 ㅣ ㈜ 디앤씨미디어
등록 ㅣ 2002년 4월 25일 제20-260호
주소 ㅣ 서울시 구로구 디지털로32길 30 코오롱디지털타워빌란트 1301-1308호
전화 ㅣ 02-333-2513(대표)
팩시밀리 ㅣ 02-333-2514
E-mail ㅣ papy_dnc@dncmedia.co.kr
블로그 ㅣ blog.naver.com/gnpdl7

ISBN 979-11-364-5799-8 04810
ISBN 979-11-364-4879-8 (SET)

※ 저자와 협의하여 인지는 붙이지 않습니다.
※ 이 책은 ㈜ 디앤씨미디어(파피루스)가 저작권자와의 계약에 따라 발행한 것으로 본사와 저자의 허락 없이는 어떠한 형태나 수단으로도 내용을 이용할 수 없습니다.

내가 제일 잘나가는 재벌이다 14

봉황송 현대판타지 장편소설

제1장. 비료 공장 ················ 7

제2장. 열정 ···················· 33

제3장. 면세점 ·················· 57

제4장. 천연가스 비료 ············ 93

제5장. 입찰 공고 ··············· 119

제6장. 로안 글로리 호텔 ········ 143

제7장. 차별 ··················· 169

제8장. SF 헬스클럽 ············ 195

제9장. 라이쿠라 ················ 219

제10장. 조나단 듀퐁 ············ 255

제11장. 지름길 ················ 291

제1장.

비료 공장

비료 공장

영장산의 SF 목장 주변은 꽃동네로 변모해 있었다.
SF 목장의 진입로 주변에는 사람들로 북적거렸다.
"와! 너무 예쁘다!"
"우리 마을과 멀지 않은 곳에 이런 꽃밭이 있을 줄 몰랐어."
"스카이 포레스트에서 만든 꽃밭이야."
"정말 잘 만들었다."
꽃밭에 대한 소문이 점점 퍼지고 있었다.
삼삼오오 모인 사람들이 웅성거리고 있었고, 꽃씨가 뿌려진 유채꽃밭으로 들어간 아이들이 깔깔거리면서 뛰어놀았다.
스카이 포레스트에 만든 꽃밭들 가운데에는 관광객들

을 위한 공간들도 마련되어 있었다. 외부인 출입이 개방되어 있어 주변 마을에서 놀러 나온 사람들도 자유롭게 이용했다.

세상의 시끄러움과 거리가 먼 모습이었다.

울긋불긋한 꽃들이 사방에 피어 있었고, 차준후가 씨를 뿌린 유채꽃밭에는 노란색 유채꽃들이 바람에 흔들리고 있었다.

"오셨습니까?"

감홍식이 재빨리 차문을 열어 주면서 차준후에게 인사했다.

차준후가 방문할 거라는 소식을 접한 그는 도착 예정 시간에 맞춰 나와 있었다. 그래도 이번에는 저번처럼 다른 직원들이 함께하고 있지 않았다.

"이러지 말라니까요. 낙농업을 책임지고 있는 분이 왜 이런 일을 하는 겁니까?"

차에서 내린 차준후가 가볍게 잔소리를 했다.

"제가 하고 싶어서 그러는 겁니다. 이렇게라도 해서 바쁜 대표님을 만나 뵙고 좋지요."

감홍식이 차준후를 대하는 자세는 언제나 극진했다.

그는 자신의 능력과 재주를 인정해 주고 낙농업의 책임자로 중용해 준 차준후에게 항상 고마움을 느꼈다.

"가시죠. 조향실까지 안내해 드리겠습니다."

감홍식은 앞장서서 차준후를 안내하며 근황에 대해 이야기했다.

"전월에 비해 SF 우유와 SF 목장의 매출이 상승했습니다. 이제 곧 있으면 SF 우유가 흑자로 돌아갈 수 있을 것 같습니다."

감홍식의 어깨가 살짝 올라갔다.

스카이 포레스트의 계열사들 가운데 적자를 내는 기업은 SF 우유가 유일했다. 비록 차준후가 적자를 신경 쓰지 말고 사업에 집중하라고 말했지만 그런 사실이 감홍식에게는 큰 부담으로 작용했다.

어떻게든 흑자를 내기 위해서 감홍식이 새벽부터 밤늦게까지 일했고, SF 우유의 영업사원들도 발바닥에 불이 나도록 돌아다녔다.

그 결과, 서울과 경기도 일대 상점에서 SF 우유의 판매량이 크게 늘어났고, 가정집에 배달되는 우유들도 지속적으로 늘어났다.

"보고서를 통해 들었습니다. 고생하셨습니다."

"제가 한 게 있나요? 대표님이 깔아 두신 길을 따라 열심히 노력한 것밖에 없습니다."

"그런 소리 하지 마세요. 아무것도 없던 국내에 새롭게 산업을 일궈 낸 데에는 감홍식 사장님과 직원들의 공이 큽니다."

차준후는 직원들의 공로를 높이 평가했다.

외국에서 자본을 끌어와 낙농업을 시작할 수 있는 기틀을 만들어 준 건 차준후지만, 사업을 이렇게까지 성장시킨 건 피땀을 흘린 직원들의 노력 덕분이었다.

구슬땀을 흘리며 고생해 준 직원들이 없었다면 지금의 SF 목장과 SF 우유는 존재할 수 없었다.

"아, 그리고 SF 우유가 흑자로 전환할 것 같으니 전망이 있다고 판단한 건지 다른 기업들도 낙농업에 진출하려 한다는 소식을 들었습니다."

"그래요?"

"부산권에서는 이미 투자자를 모집하고 있다고 합니다. 그래서 말인데…… 저희가 먼저 부산 쪽까지 사업을 확장하는 건 어떻겠습니까?"

감홍식이 은근슬쩍 물었다.

그는 SF 우유를 더욱 키우고 싶었다.

적자만 이어질 때는 엄두도 낼 수 없는 이야기였지만, 이제 흑자로 전환되면 다른 지역까지 사업을 확장하는 것도 꿈같은 이야기가 아니었다.

대한민국 제2의 도시라 불리는 부산과 그 주변 지역들의 우유 소비량은 결코 무시할 수 없는 수준이었다.

부산까지 SF 우유가 진출한다면 매출을 대폭 상승시킬 수 있을 것이었다.

그러나 차준후가 고개를 가로저었다.

"서울과 경기도 일대에만 집중하세요. SF 우유는 다른 지역으로 사업을 확장하지 않을 겁니다."

SF 우유가 만들어지면서 원 역사에서 존재했을 업체들의 자리가 사라지고 있었다.

만약 부산권을 포함해 다른 권역까지 SF 우유가 사업을 확장한다면, 대한민국 3대 우유라 불리는 업체들이 모두 사라지게 될 수도 있었다.

"알겠습니다……."

차준후의 단호한 거절에 감홍식의 어깨가 축 내려갔다.

"대신 에어 스푼을 SF 우유에 놓아 드리죠. 그걸로 분유를 만들어 보세요."

"분유요?"

"분유를 해외에서 전량 수입하고 있잖습니까. 국내 유일의 분유 제조사가 되면 사업을 해 나가기가 수월할 겁니다. 그리고 분유를 만들어서 국내에 보급하면 외화를 절약할 수도 있으니 여러모로 좋은 일이지요."

차준후는 그동안 적자로 허덕이던 SF 우유였기에 분유 사업이 시기상조라고 여겼다.

그러나 SF 우유가 예상보다 빨리 흑자로 전환되면서 분유 사업 이야기를 꺼낼 수 있게 되었다.

"지역을 확장하여 판매처를 늘리는 것보다는 우유를 활용해 진행할 수 있는 새로운 사업들을 고민해 보십시오. 그것까지는 막지 않겠습니다."

사실 SF 우유가 분유 사업에 뛰어드는 것도 다른 3대 우유 업체들의 자리를 빼앗는 것이긴 했다.

심지어 3대 우유 업체 중 하나인 양남유업은 우유가 아닌 분유 사업을 먼저 시작했으니, 더더욱 영향이 클 수밖에 없었다.

그러나 모든 걸 배려하면서 사업을 하기는 어려웠다. 그에 차준후는 사업 분야를 늘리는 건 막지 않기로 타협했다.

"열심히 해 보겠습니다!"

SF 우유를 대한민국 제일의 낙농업 회사로 만들고 싶은 감흥식이었다.

그런데 마음만 앞선 탓에 이런 식으로 사업 영역을 확장할 수 있다는 건 미처 생각지 못하고 있었다.

"정말 대단하십니다. 저는 우유를 팔 생각만 했지, 분유 사업은 생각지도 못했습니다."

작년, 1960년에는 출생아 수가 역사상 최대치를 경신했다. 출산율이 점차 떨어진다 할지라도 갑자기 급격히 줄어드는 일은 없을 테니 전망이 좋은 사업이라 할 수 있었다.

"여긴가 보군요."

"네. 이곳 3층입니다."

이야기를 나누다 보니 어느덧 조향실이 위치한 건물에 도착했다.

"저는 이만 가보겠습니다."

감홍식이 허리를 굽혀 인사한 뒤 서둘러 자리를 떠났다. 한시라도 빨리 실무진들과 분유 사업과 관련하여 논의를 나누고 싶었던 탓이었다.

이제는 스카이 포레스트 낙농업의 실질적인 책임자로서 익숙해진 감홍식이었다. 이전의 어리바리했던 모습은 사라지고, 어엿한 임원으로서의 무게감이 느껴졌다.

"실비아, 여기에도 엘리베이터를 설치해야겠어요. 없으니까 불편하네요."

3층까지 걸어서 올라온 차준후와 실비아 디온이었다.

한 층을 올라가는 게 아니면 어지간해선 엘리베이터를 이용하던 그이기에 더더욱 불편함이 크게 다가왔다.

"곧바로 칠천리 오토에 주문할게요."

두 사람이 대화를 나누며 조향실 안으로 들어섰다.

미리 연락을 받은 빌바오 샤르트르가 안으로 들어서는 두 사람을 반갑게 맞이했다.

"차준후 대표님, 실비아 디온 비서실장님. 어서 오세요. 여기서 만나니 기분이 색다르네요."

"지내시는 건 어떻습니까?"

악수를 나누면서 차준후가 빌바오 샤르트르에게 물었다. 해외에 나가면 개고생이라는 말처럼 빌바오 샤르트르가 힘들어하고 있을지도 몰랐기 때문이었다.

"흙 만지지 않고 지내서 아주 좋습니다."

빌바오 샤르트르의 표정이 말 그대로 정말 좋았다.

평소 그는 조향실에서 향수를 만들다가 피로해지면 영장산 일대를 돌아다니며 힐링을 했다.

그러면서 틈틈이 화훼 단지 조성에 조언을 해 주기도 했는데, 허순재와 말이 잘 통해서 좋았다.

"만든 향수들을 보여 주시겠습니까?"

"모두 일곱 종류의 향수들을 만들었습니다."

빌바오 샤르트르가 자신만만하게 작은 용기들을 꺼내어서 탁자 위에 올려놓았다.

"많이 만들었네요."

"영장산을 돌아다니다 보니 만들고 싶은 향수들이 늘어나더라고요. 코를 간질이는 좋은 향기들이 많아서 어떤 걸 만들지 고민했습니다."

"그런 걸 고민할 필요가 있습니까? 다 만들면 되지요."

"아, 그렇군요! 제가 어리석었네요."

원래 좋은 향수를 만들려면 이것저것 다 해 봐야 하는 법이다. 다만 그렇게 하기 위해서는 시간과 노력, 그리고

자금이 들어간다.

　직접 사업을 할 때는 한 푼이라도 아껴야 하는 탓에 하고 싶은 걸 마음껏 해 보지 못한 빌바오 샤르트르였다.

　그런데 지금은 아낌없이 투자해 주는 대표 밑에서 일하니 너무나도 든든했다.

"잠시 살펴보겠습니다."

"모두 마음에 드실 겁니다. 신중하게 고민해서 만든 향수들이니까요."

　말과는 달리 손을 덜덜 떨며 긴장하는 기색이 역력했다.

　그도 그럴 것이 이번에 만든 향수들은 스카이 포레스트의 첫 향수 발매 라인업에 포함될 제품들이었다. 한 차례 사업에 실패한 경험이 있던 그이기에 긴장되지 않을 수 없었다.

　차주후는 가장 먼저 찔레꽃 향수를 확인했다.

"음! 맑고 담백한 향이 마음에 와닿네요. 깊은 산자락 사이에 들어온 느낌입니다."

"찔레꽃을 베이스로 해서 구절초와 재스민, 백리꽃 등을 섞었습니다."

"비서실장님도 한번 맡아 보세요."

"고요한 숲속의 하얀 찔레꽃이 떠오르네요. 화려하지 않고 맑고 청초해서 심플한 옷차림에 어울릴 것 같아요."

실비아 디온이 향수에 어울리는 옷차림을 즉석에서 떠올렸다.

"팔릴 것 같나요?"

빌바오 샤르트르가 침을 꿀꺽 삼키며 물었다.

손을 대는 사업마다 전부 성공하여 미다스의 손이 따로 없는 차준후였다.

그런데 만약 자신이 만든 향수로 인해 처음으로 실패를 하게 된다면?

빌바오 샤르트르는 차마 얼굴을 들고 다닐 자신이 없었다.

"좋은 향수잖습니까. 잘 팔릴 겁니다."

차준후가 자신감을 드러냈다.

"그리고 여기서부터는 제가 힘써야 할 부분이기도 하고요. 어떻게든 잘 팔리게, 더 많이 팔리게 만들겠습니다."

"대표님이 만드신 광고들을 봤습니다. 제 향수도 잘 좀 부탁드리겠습니다."

잠을 줄여 가면서 고심 끝에 만든 일곱 종류의 향수들은 하나같이 그에게 자식 같은 존재였다.

그런 자식들이 푸대접을 받는 꼴은 보고 싶지 않았다.

"걱정하지 마세요."

"제 생각에도 반응이 정말 좋을 거 같아요."

옆에서 실비아 디온이 차준후의 의견에 동조했다. 입에 발린 소리가 아니라, 직접 향을 맡아 보고 내리는 평가였다.

실비아 디온은 다시 한번 향수들의 향을 맡으며 만족스러운 표정을 지었다.

그 모습을 본 차준후가 물었다.

"마음에 드세요?"

"네. 정말 향이 좋아요."

차준후는 고개를 끄덕이고는 빌바오 샤르트르를 향해 말했다.

"찔레꽃 향수 샘플을 하나만 준비해 주시겠어요?"

"아, 예!"

빌바오 샤르트르는 곧장 샘플을 하나 가져와 차준후에게 건넸다.

그리고 그것을 차준후가 다시 실비아 디온에게 건넸다.

"여기요."

"잘 사용할게요."

실비아 디온이 차준후가 건네준 향수를 소중하게 간직했다.

"다른 향수들도 살펴볼까요?"

차준후의 앞에는 아직도 여섯 개의 향수들이 남아 있었다. 모두 한국의 야생화와 꽃들이 들어간 향수들이었다.

이날, 실비아 디온은 모두 일곱 개의 향수를 차준후로부터 선물받았다.

* * *

비료 공장의 시공일이 언제쯤이 될지 정부의 문의가 매일같이 이어졌다. 한시라도 빨리 착공에 들어가는 독촉이나 마찬가지였다.
"이제 막 시공 계획을 세우고 있는 참입니다. 독촉한다고 빨리 되는 일이 아닙니다."
차준후가 답답함을 토로했다.
수천만 달러라는 거액이 들어가는 공장이기에 더더욱 여러 방면에서 면밀한 검토가 필요했다. 무작정 서둘렀다가는 부실 공사를 초래할 수도 있었다.
- 하루라도 빨리 울산공업단지를 완공하여 기간산업을 빠르게 육성하고자 함이니 협조 부탁드리겠습니다.
전화기를 타고 박태주의 음성이 흘러나왔다.
"말씀드렸지만 독촉하신다고 되는 일이 아닙니다. 사업에는 모두 필요한 단계가 있습니다. 최대한 빨리 시공에 들어갈 테니 전문가에게 맡기시죠. 행정 지원만 잘 좀 부탁드리겠습니다."
시공 계획을 모두 세우더라도 행정 허가가 빨리 떨어지

지 않는다면 빠르게 착공에 들어갈 수 없었다.

- 정부에서도 최대한 지원을 해 드리려고 경제재건촉진회 회장 자리를 제안드린 건데 거절하셨지 않습니까.

"그 자리에 앉아야지만 정부와 협조가 가능한 건 아니지 않습니까."

박태주는 차준후에게 다시 한번 경제재건촉진회의 회장 자리를 권유해 보려 했으나, 차준후가 마음을 돌리지 않을 것임을 느낄 수 있었다.

- 후…… 알겠습니다. 경제기획원에 모든 행정 절차를 빠르게 처리해 달라고 요청해 두겠습니다. 그러니 최대한 빨리 착공에 들어가 주십시오.

"예, 알겠습니다."

차준후가 그렇게 대답했지만, 아직 비료 공장의 시공을 위해서는 아직 해결해야 할 문제가 산적해 있었다.

그러나 그런 것까지 일일이 박태주에게 설명할 필요가 없기에 차준후는 건성건성 대답했다.

구태여 정부에게 잘 보이려고 노력할 생각이 없는 차준후였다.

* * *

스카이 포레스트에서 비료 공장을 세운다는 소식이 알

려지면서 난리가 난 곳들이 있었다.

그중 한 곳이 바로 주한 미국원조기관인 USOM(United States Operations Mission)이었다.

광화문 거리에는 정부 청사부터 시작해, 일반인들이 모이는 문화 시설들까지 다양한 시설들이 밀집해 있었다. 그 덕에 항상 사람들로 넘쳐 났다.

USOM은 정부 청사와 쌍둥이처럼 똑같이 생긴, 정부 청사의 바로 옆 건물에 위치해 있었다.

"차준후입니다."

"유명한 차준후 대표를 이렇게 만나 뵙게 되어 반갑습니다. USOM의 경제 고문을 맡고 있는 메이너드 케인스입니다. 메이너드라고 불러 주시면 됩니다."

USOM에서 메이너드의 발언권은 무척이나 컸다.

"USOM에서 비료 공장 건설을 반대하신다면서요?"

"우려되는 부분이 있습니다. 공장을 어느 정도 크기로 만들 생각이십니까?"

"연간 40만 톤의 비료를 생산할 수 있는 규모로 상정하고 있습니다."

차준후가 계획 중인 공장의 규모에 대해 밝혔다.

일본의 가장 큰 비료 공장이 연간 18만 톤을 생산했고, 현재 소련에서 짓고 있는 공장이 30만 톤을 목표로 하고 있었다.

즉, 지금 차준후가 언급한 공장의 크기는 세계 최대 규모였다.

"그 부분이 문제입니다. USOM에서는 한국의 비료 공장 건설에 원조를 하고 있습니다. 스카이 포레스트가 세계 최대인 40만 톤 비료 공장을 건설하면 미국이 큰 손실 보게 됩니다."

USOM의 원조는 무상 원조가 아닌 투자였다. 갚아야 할 빚인 것이다.

그런데 스카이 포레스트가 세계 최대 규모의 공장을 세운 탓에 USOM에서 자금을 원조한 공장에서 생산하는 비료가 재고로 남게 된다면 미국은 큰 투자 손실을 볼 수도 있었다.

USOM은 그것을 그냥 지켜볼 생각이 없었다.

그리고 USOM에서 반대를 한다면 스카이 포레스트에서 비료 공장을 세우는 건 요원한 일이었다. 대한민국이 경제 전반에서 미국의 원조에 크게 기대고 있는 상황인 탓이었다.

메이너드가 무슨 생각인지 알아차린 차준후가 천천히 입을 열었다.

"메이너드 씨가 아시다시피 대한민국에서 농업이 차지하고 있는 비중은 절대적입니다. 40만 톤 공장이 지어진다고 해도 비료 과잉 공급은 없을 것입니다."

"그건 단순한 추정이지 않습니까? 지금 대한민국의 농업 규모로 봤을 때, 40만 톤 공장과 함께 USOM의 원조를 받은 비료 공장이 만들어지게 되면 과당경쟁이 벌어질 수밖에 없습니다. 비료 공장 건설에 대한 뜻을 계속 고집하시면 USOM의 원조를 받은 비료 공장 건설에 대해 다시 생각해 볼 수밖에 없습니다."

메이너드가 자신의 생각을 굽히지 않았다.

USOM에서 동료 경제학자들과 대한민국의 발전 추이와 주변 여건 등을 꼼꼼하게 따져 봐서 내린 결론을 차준후의 주장만을 듣고 바꾸기에는 무리였다.

USOM의 원조를 받아서 짓고 있던 비료 공장들에게는 마른하늘의 날벼락이었다.

"너무 보수적인 접근이군요. 저는 농업 규모가 지금에 머무르지 않고 점차 늘어날 것이라 확신하고 있습니다. 연간 40만 톤을 생산할 수 있는 공장이 세워진다고 하더라도 부족할 정도로요."

차준후의 확신에 찬 목소리에 메이너드가 의문을 표했다.

"근거가 있습니까?"

"지금 대한민국에는 농사를 짓지 않는 논밭이 많습니다. 그 논밭을 전부 경작하기에는 일손이 부족한 탓이죠. 그런데 그 노동력을 대신해 줄 수 있는 경운기를 비롯한 농업용 기계들이 보급된다면 어떻게 되겠습니까?"

기계 한 대가 사람 수백 명의 노동력을 대신하는 게 가능했다.

농업용 기계들이 보급되면 경작지가 늘어나게 될 테고, 자연스레 비료도 많이 필요로 하게 될 터였다.

"비료가 남기는커녕 오히려 부족해질 겁니다."

"그건 이상론에 불과합니다. 한국의 가난한 농민들이 왜 그동안 기계를 쓰지 않았겠습니까? 농업용 기계를 구매할 수 있는 농민은 손에 꼽을 정도로 적습니다."

메이너드가 부정적인 의견을 굽히지 않았다. 물러서지 않으려는 기색이 역력했다.

그리고 그의 주장이 틀린 것도 아니었다. 실제로 차준후의 이야기는 현실성이 없는 이야기였다.

그러나 차준후는 자신의 주장에 현실성을 부여했다.

"결국 돈이 문제라는 거군요. 하지만 농업용 기계를 스카이 포레스트가 구매해서 빌려준다면요?"

농민들이 돈이 없어 기계를 구매하지 못한다면, 스카이 포레스트가 도와주면 되는 일이었다.

"예? 아니, 그 많은 농민에게 전부 말입니까?"

"단계적으로 진행해 나갈 겁니다. 농촌 지역에 거점을 만들어서 농민들에게 농업용 기계를 대여해 줄 계획입니다. 다만 무상까지는 어렵고, 최소한의 대여료는 받아야겠지만요."

 미래를 알고 있는 차준후는 대한민국의 농업 규모가 나날이 커진다는 걸 확신했지만, 미래 지식을 근거로 제시할 수는 없었기에 돈으로 해결하기로 마음먹었다.

 지금은 마을에 한 대 있기도 어려운 경운기와 트랙터이지만 나중에는 두 대 모두를 가지고 있는 부농들이 적지 않았다.

 차준후가 이렇게까지 이야기하니 메이너드는 결국 물러설 수밖에 없었다.

 "알겠습니다. 그렇게까지 하신다니 스카이 포레스트의 비료 공장 건설은 막을 수 없겠군요."

 "걱정하지 마십시오. 만약에라도 USOM에서 원조하는 비료 공장에서 생산하는 비료들이 재고로 남는다면 스카이 포레스트에서 모두 책임지고 구매하겠습니다."

 "그렇게까지 하실 필요가 있나요?"

 "그런 일은 절대 없을 것이라 확신하기에 드리는 이야기입니다."

 울산공업단지는 대한민국의 경제 발전의 기틀을 마련해 줄 시작점이나 마찬가지였다.

 그리고 스카이 포레스트에서 건설하는 대규모 비료 공장은 그 울산공업단지의 중심점이었다. 그것을 가로막는 게 있다면 일찌감치 치워 버리는 편이 나았다.

그렇게 차준후가 USOM의 반대라는 난관을 돈으로 찍어 누르며 가볍게 박살 내 버렸다.

* * *

비료를 연간 40만 톤 생산하려면 하루에 암모니아 6백 톤을 생산한 뒤, 또 그것으로 요소 비료 1천 톤을 생산할 수 있는 설비가 필요했다.

그러나 대한민국에 그 정도 생산 기술은 없었다.

이 당시 하루에 암모니아 6백 톤을 생산할 수 있는 제조 기술 특허는 영국의 회사가, 암모니아 6백 톤으로 요소 비료 1천 톤을 생산할 수 있는 기술 특허는 일본의 회사가 가지고 있었다.

- 스카이 포레스트에서 세계 최대 규모의 비료 공장을 짓는다고?
- 일본 비료 공장들이 큰 타격을 받을 수 있다.
- 한국은 일본 비료 업계의 큰손이다. 한국에 세계 최대 규모의 비료 공장이 세워지면 엄청난 손해를 보게 될 거다.
- 만약 수출까지 하게 된다면 해외 시장에서도 경쟁하게 될 거야.

- 절대로 기술 협력을 해 주면 안 된다.

일본 비료 업계에 난리가 났다.

지금껏 일본 비료 업계는 대한민국을 상대로 아주 달달하게 꿀을 빨아먹고 있었다. 매년 소비하는 비료를 거의 전량 수입에 의존하던 대한민국은 일본 비료 업계의 매우 큰손이었다.

그런데 대한민국에 연간 40만 톤을 생산할 수 있는 비료 공장이 건설되면 졸지에 엄청난 시장이 사라지게 되는 셈이었다.

그 소식을 접한 일본 통상산업성은 황급히 일본 비료 업계에 지원을 하기 시작했고, 일본 비료 업계는 설비를 현대화하며 비료의 질을 향상시키며 경쟁력을 갖추려 노력했다.

그러나 이것은 매우 근시안적인 악수였다.

시장이 충분히 확보되어 있지 않은 상황에서 업계 전반이 함께 사업을 확장한다면 과당경쟁으로 이어질 수밖에 없었다.

이는 내수시장 경쟁조차 치열해지게 만들고, 염가 판매 경쟁을 이어 가다가 줄지어 회사가 도산하는 결과를 초래하게 될 것이었다.

한마디로 스스로 제 무덤을 파고 들어가는 꼴이라 할

수 있었다. 참으로 어리석은 대처였다.

그러거나 말거나 차준후는 비료 공장 건설을 위해 비료 공장을 건설할 수 있는 기술을 갖춘 각국의 유명 회사들에 견적을 요청했다.

그렇게 날아온 견적은 당초 상정했던 것보다 50% 이상 높게 책정되어 있었다. 공장의 규모를 세계 최대 규모로 지으려고 욕심을 내다 보니 건설 비용이 급격히 늘어난 것이었다.

그러나 이미 차준후는 나라의 발전을 위해 투자하기로 한 김에 통 크게 쓰기로 마음먹었기에 돈은 큰 문제가 아니었다.

그에 어느 나라에 시공을 맡길지 고민하던 그때였다.

일본의 기술 특허를 가지고 있는 미쓰비사에서 적극적으로 연락을 취해 왔다.

「한국 농민들에게 절실한 비료 공장 건설을 미쓰비사에 맡겨 주셨으면 합니다. 양국의 선린우호에 이바지한다는 마음으로 인건비를 포함한 건설비만 받도록 하겠습니다.」

심지어 미쓰비사의 사장이 직접 친필로 편지를 작성하여 견적서와 함께 보내왔다.

「그리고 이번 협력을 시작으로 LNG 산업까지 협력을 이어 나가기를 희망합니다.」

미쓰비사는 석유화학 분야에서 LNG 산업에 새롭게 뛰어들기를 원하고 있었다.

그러나 스카이 포레스트에 아무리 미팅을 요청해도 계속 거부를 당하고 있는 상황이었다.

그에 이번 비료 공장 건설을 큰 기회라 여겼다.

여기서 이익을 포기하더라도 스카이 포레스트와 좋은 관계를 쌓아서 후에 LNG 산업까지 협력할 수 있다면 이득이라고 판단했다.

"미쓰비사에서 왜?"

미쓰비사의 사장이 보낸 편지를 읽은 차준후의 안색이 굳어졌다.

일본 기업들과 척을 지고 있기는 했지만, 단순히 그 이유 때문이 아니었다. 애당초 미쓰비사에는 견적을 요청한 적도 없었기 때문이었다.

미쓰비사에서 어떻게 알았는지 요청도 받지 않았음에도 멋대로 견적서를 보낸 것이었다.

확실히 미쓰비사의 견적서는 다른 외국 기업들에서 보낸 견적서들보다 월등히 조건이 좋았다. 만약 다른 기업의 견적서였다면 고민하지 않고 선택할 만큼 좋은 조건이었다.

그러나 미쓰비사는 예외였다.

"여기는 전범 기업이잖아."

미쓰비사가 그와 관련하여 대한민국에 수십 년이 지난 뒤에도 제대로 된 사과를 하지 않음을 차준후는 알고 있었다.

돈이 없는 것도 아니고, 오히려 차고 넘치는 차준후이기에 돈 때문에 구태여 전범 기업과 일하고 싶지는 않았다.

"실비아 비서실장님."

- 네, 대표님.

"앞으로 미쓰비사에서 오는 서신들은 그냥 쓰레기통에 버려 주세요. 스카이 포레스트가 전범 기업과 사업할 일은 없습니다."

- 죄송해요. 앞으로 전범 기업들에서 오는 모든 연락을 차단할게요.

차준후는 남들보다 애국정신이 투철하지 않았지만, 그렇다고 전범 기업과 사이좋게 지낼 만큼 무심하지도 않았다.

특히 시세삼도와 싸우게 된 뒤로 전범 기업이라면 더더욱 치를 떨게 됐다.

앞으로 영원히 전범 기업들과 스카이 포레스트가 협력할 일은 없을 것이었다.

열정

　차준후를 태운 차량이 김포공항의 도로 위에 모습을 드러냈다.
　비료 공장 건설 건을 협의하기 위해 미국으로 가기 위한 길이었다. 차관 지원이나 기술 면에서 일본의 기업들이 좋은 조건을 제시했지만 차준후의 선택은 미국의 기업들이었다.
　김포공항으로 진입하는 도로 위에는 군인들이 경계를 서고 있었다.
　"정지! 멈추십시오!"
　공항으로 진입하는 포드 차량에 군인이 접근했다.
　"출국 허가서는 받으셨습니까?"
　"예. 여기 있습니다."

치준후가 여권과 출국 허가서를 내밀었다.

현재 해외로 나가기 위해서는 군사정부의 승인을 받아야만 했고, 한시라도 빨리 비료 공장이 건설되길 바라는 정부는 차준후 일행의 미국행을 빠르게 승인해 줬다.

출국 허가서를 꼼꼼히 확인한 군인은 그제야 길을 터 줬다.

"통과하십시오."

김포공항 안으로 들어선 차준후는 실비아 디온이 출국 수속을 끝내기를 잠시 기다렸다.

출국 수속은 빠르게 끝났고, 차준후 일행은 이내 VIP 통로를 통해 이동했다.

그 모습을 김포공항 직원들이 지켜보며 수근거렸다.

차준후의 전세기는 김포공항 내에서 화제로 떠올랐었다. 대한민국의 대통령도 전세기가 없는데, 일개 개인이 전용기 쓰고 있었으니 당연히 화제가 될 만했다.

VIP 통로를 통해 활주로에 나오자 늘씬하게 뻗은 707 제트 여객기가 모습을 드러냈다.

차준후와 일행들이 트랩을 통해 비행기에 올랐다.

우우우웅! 우우우웅!

제트엔진이 요란하게 울었다.

비행기가 활주로를 달리면서 묵직한 압박감이 차준후의 몸을 눌러 왔다.

비행기가 미국을 향해 출발했다.

* * *

미국에 도착한 차준후는 실비아 디온과 토니 크로스, 그리고 실무진들을 이끌고 견적서를 받은 로스앤젤레스의 스탠&화이트라는 건설사를 방문했다.

스탠&화이트는 비료 공장을 여러 차례 시공한 경험이 있는 회사로, 현재 미국에서 유명한 비료 공장들도 상당수 이 회사의 작품이었다.

스탠&화이트는 미국 굴지의 기업인 맥킴 물산, 그리고 로스일 비료 공장과 컨소시엄을 맺어 스카이 포레스트에 비료 공장 견적서를 제출했다.

"미국에 크나큰 화제를 몰고 온 유명 인사를 뵙게 되어 반갑습니다."

스탠&화이트의 CEO 그랜트 스탠이 차준후를 웃으며 맞이했다. 그랜트 스탠의 곁에 맥킴 물산과 로스일 비료 공장의 실무진들도 자리를 잡고 있었다.

"반갑습니다."

차준후가 그랜트 스탠과 악수를 나눴다.

"러닝머신을 비롯한 운동기구들을 집에 구입해 사용하고 있는데, 아주 환상적입니다."

"고객님이셨군요. 감사합니다."

"싸이벡 스카이의 운동기구들을 사용해서 운동하면 근육들이 짜릿합니다. 다양한 운동기구들을 모아 둔 헬스장 사업을 하실 계획이라고 들었는데, 언제 시작하시는 겁니까?"

그랜트 스탠은 평소 운동을 좋아하여 싸이벡 스카이에서 출시한 운동기구들에 푹 빠져 있었다.

베벌리힐스에 있는 자택에 작은 운동실을 만들어 보기도 했지만 만족스럽지 못했다. 드라마 댄싱 스타에 나오던 넓은 헬스장에서 운동을 해 보고 싶었다.

"조만간 시작할 예정입니다. 헬스장이 오픈하면 연간 회원권을 선물로 드리겠습니다."

"연간 회원권이요?"

"헬스장을 1년간 무료로 마음껏 이용할 수 있는 회원권입니다."

"좋은 선물을 주셔서 감사합니다."

분위기가 화기애애했다.

"아이스 아메리카노를 좋아하신다고 해서 준비해 뒀습니다."

"잘 마시겠습니다."

테이블 위에는 음료와 다과들이 준비되어 있었다. 스탠&화이트에서 신경을 쓴 기색이 역력했다.

그도 그럴 것이 세계 최대 규모의 비료 공장 공사가 걸린 일이었다.

 스탠&화이트, 맥킴 물산, 그리고 로스일 비료 공장 셋이 이득을 나눈다 하더라도 엄청난 수익을 벌어들일 수 있는 사업이었다.

 "한국에서 40만 톤 규모의 공장을 짓는다고 해서 깜짝 놀랐습니다."

 세계 최대 규모의 비료 공장을 아직 최빈국을 벗어나지도 못한 대한민국에서 짓는다니.

 그랜트 스탠은 대한민국이라는 나라의 이름은 최준후 덕분에 알고 있었지만, 어디에 위치한 나라인지도 알지 못했다.

 그러나 놀랐을 뿐, 충분한 가능한 일이라고 생각했다.

 건설 견적을 요청한 것이 다름 아닌 스카이 포레스트였기 때문이다.

 최빈국의 기업이라고는 하지만, 스카이 포레스트는 미국에서 아주 잘나가는 유명 기업이었다.

 텔레비전만 틀면 스카이 포레스트의 광고들이 흘러나왔고, 거리를 걸을 때 어디에 시선을 두더라도 스카이 포레스트의 제품이 보였다.

 그런 스카이 포레스트에서 짓는다고 하니 충분히 가능한 일이라며 납득이 갔다.

"이왕 돈을 들여 짓는 거, 세계 최대 규모로 짓고 싶었습니다. 그리고 당연한 이야기지만 스탠&화이트 컨소시엄뿐만 아니라 각국의 기업들에게 견적서를 받았습니다."

"저라도 그렇게 했을 겁니다."

그랜트 스탠이 고개를 끄덕였다.

추정 건설비가 수천만 달러에 달하는 초대형 발주였다. 여러 곳의 견적서를 비교하며 선택하는 것이 당연했다.

"그리고 구체적인 금액까지 말씀드릴 수는 없지만, 스탠&화이트 컨소시엄의 견적서가 가격 조건이 가장 안 좋았습니다."

스탠&화이트 컨소시엄이 제시한 견적은 무려 6천 5백만 달러였다.

서독의 유명 건설사에서 제시한 6천만 달러, 그리고 미쓰비사에서 제시한 5천만 달러에 비하면 상당히 높은 금액이었다.

가격 조건만 놓고 본다면 스탠&화이트 컨소시엄은 낙제점이었다.

"음…… 실무진들과 논의하여 견적을 다시 한번 책정해 보도록 하겠습니다."

그랜트 스탠은 변명을 늘어놓지 않고 곧바로 다시 견적

을 내겠다고 대답했다.

워낙 큰 사업이다 보니 견적 비용을 확 낮추더라도 얻는 이익이 상당했다. 그리고 무엇보다 그 이익을 다른 경쟁 업체에게 빼앗길 수는 없는 노릇이었다.

"비용을 낮추기 위해 드린 이야기가 아닙니다. 견적서로 요청 주신 금액 그대로여도 괜찮습니다. 대신 요구 조건이 있습니다."

"어떤 조건입니까?"

"공기를 단축시켜 주십시오."

차준후가 요구 조건을 밝혔다.

대한민국에 비료 공장이 빨리 완성될수록 외국에서 수입하는 비료의 양을 줄여서 외화를 절약할 수 있었다.

이것이 스카이 포레스트의 이익으로 직결되진 않지만, 스카이 포레스트가 건설비를 조금 더 부담하는 것으로 대한민국 경제에는 커다란 이익으로 돌아올 터였다.

"견적서에 명시한 40개월도 결코 긴 기간이 아닙니다. 현재 소련에서 건설 중인 30만 톤 규모의 비료 공장의 건설 기간이 50개월로 예상되는 것으로 알고 있습니다."

그랜트 스탠이 난색을 드러냈다.

40만 톤 규모의 비료 공장을 40개월 만에 완공시키겠다고 한 것은 스탠&화이트, 맥킴 물산, 로스일 비료 공장까지 세 기업이 컨소시엄을 맺었기에 제안할 수 있었던 것이었다.

만약 단일 기업으로 발주를 받아 시공을 진행하려 한다면 40개월도 무리였다.

이 이상 공기를 단축시켜 달라는 건 물리적으로 불가능한 주문이었다.

"그래서 다른 건설사들보다 높은 견적을 수용하겠다고 말씀드린 겁니다. 그 비용으로 노동자들을 더 고용하면 충분히 공기를 단축시킬 수 있지 않겠습니까?"

"무슨 말씀이신지는 알겠습니다. 하지만 그 많은 노동자를 어디서 구한단 말입니까?"

"대한민국의 현지 노동자들을 고용하십시오. 대한민국에는 일자리를 원하는 사람들이 무척 많습니다."

대한민국엔 안정된 일자리가 부족하여 취업 문제가 심각한 사회 문제로 대두되고 있었다.

그들에게 일자리를 제공하고, 기술을 배울 수 있는 기회를 제공한다면 이 또한 대한민국의 성장에 큰 도움이 될 터였다.

"만약 충분한 노동자를 고용했음에도 공기가 늦춰진다면, 그에 대한 책임은 묻지 않겠습니다."

"음! 방금 말씀하신 부분을 계약서에 명시해 주실 수 있겠습니까?"

그랜트 스탠이 물었다.

무조건 나쁜 이야기가 아니었다.

노동자를 많이 고용하더라도 그만큼 공기가 짧아진다면 건설비를 더 많이 쓰게 되는 것도 아니었다. 차준후의 말대로만 진행된다면 스탠&화이트에겐 큰 이득이었다.

"물론입니다."

"알겠습니다. 잘 부탁드리겠습니다."

그렇게 공기 단축에 대한 협의가 마무리되자, 실무진들도 본격적으로 협의를 하기 시작했다.

두 수장이 큰 틀에 대한 협의를 의논하였고, 설비 지원과 기술 협력에 대한 부분을 두고서 실무진들의 협의가 이어졌다.

* * *

스카이 포레스트가 건설할 비료 공장의 이름은 대한비료로 정해졌다. 대한민국을 대표하는 비료 공장이라는 뜻이었다.

문상진은 대한비료가 세워질 울산공업단지의 부지를 살피기 위해 움직였다.

일을 시작하지 않으면 모를까, 한번 작정하고 달려들면 번개처럼 움직이는 차준후의 성격을 그는 누구보다 잘 알고 있었다.

차준후가 미국에서의 협의를 빠르게 끝마칠 것임을 예상한 문상진은 그 속도를 맞추기 위해 분주히 움직이는 것이었다.

"허허벌판이네. 도로는 어느 쪽으로 날까?"

공업단지가 조성될 예정인 울산은 다소 낙후된 어촌이었다. 아직도 초가집이 듬성듬성 보였고, 인구는 대략 5만 언저리에 불과했다.

"전무님, 여기 지도입니다."

비서가 지도를 차량 보닛 위에 활짝 펼쳤다.

문상진은 신중한 표정으로 지도를 살폈다.

세계 최대 규모의 비료 공장이 들어설 자리는 선정한다는 건 굉장히 막중한 임무였다. 차준후가 믿고 맡겨 준 만큼 조금도 소홀히 해서는 안 됐다.

"일단 이곳은 좋지 않을 듯합니다. 지반이 단단하지 않아서 기반 공사에 상당히 시간이 소요될 겁니다."

주변을 살피던 백호 벽돌의 부사장 송영중이 조언했다.

스카이 포레스트 인연 덕분에 백호 벽돌은 부쩍 성장했다. 건설 업계에서 중견 기업으로 통하고 있었고, 앞으로도 성장할 가능성이 무척 높았다.

"부사장님이 봐도 여기는 아닌 모양이군요. 아직 시간은 있으니 천천히 전부 살펴봐야겠습니다."

"전무님, 저희도 이곳에 입주할 수 있을까요?"

"백호 벽돌도 울산공업단지에 입주하시려고요?"

"사업 규모가 커지면서 그동안 수입해 오던 부자재값이 부담되기 시작했습니다. 그래서 이참에 공장을 하나 세워서 직접 조달해 볼까 합니다."

송영중이 백호 벽돌의 울산공업단지에 참여할 의사를 내비쳤다.

백호 벽돌의 사장인 송대건이 사실상 일선에서 물러나며 부사장 송영중이 실무를 도맡게 되었다.

그는 지금보다 백호 벽돌을 더욱 성장시키고 싶다는 야망이 있었다.

그러던 차에 울산공업단지 소식을 듣게 되었다.

송영중은 이 기회에 그동안 수입해 의존해 왔던 건설 자재들을 백호 벽돌에서 자체적으로 생산할 수 있도록 만들고자 했다.

당장은 적지 않은 투자 비용이 들겠지만, 건설 자재들을 자급할 수 있게 된다면 장기적으로 엄청난 비용 절감이 가능해질 것이었다.

"저는 괜찮은 방법이라고 생각합니다. 정부에서 국책사업에 함께하는 것이니만큼 분명 많은 지원을 받을 수 있을 겁니다."

"그러면 비료 공장 부지를 살피는 김에 저희 공장 부지도 살펴봐야겠네요."

그렇게 울산공업단지에 입주하려는 기업들이 하나둘 늘어나고 있었다.

다름 아닌 스카이 포레스트가 비료 공장을 세운다는 소식에 여러 기업들이 울산공업단지에 관심을 갖기 시작한 덕분이었다.

* * *

CBC에서 방영하고 있는 댄싱 스타는 높은 시청률을 보여 주고 있었다. 몇 년 동안 CBC에서 내보낸 수많은 드라마가 보여 주지 못했던 30%의 시청률을 훌쩍 뛰어넘었다.

댄싱 스타는 5월 14일 일요일에 방영된 10화에서 무려 36.7%에 달하는 시청률을 기록했다.

그에 반해 앨버트로스는 얼마 전에 10%의 시청률도 무너지고 말았다.

댄싱 스타를 뛰어넘기 위해서 무리한 액션신과 내용 전개를 마구 집어넣었고, 뒷부분의 하이라이트를 일찌감치 사용하는 바람에 스토리가 엉망이 되어 버렸다.

앨버트로스가 무너지면서 댄싱 스타로 유입되는 시청자들이 점점 늘어났다. 댄싱 스타의 시청률이 미국에서도 쉽게 나오지 않는 40%를 넘을지도 모른다는 예측이 나왔다.

이제 마지막 주에 방영될 11화와 12화만 남았다.

지속적으로 우상향하고 있는 댄싱 스타가 40%의 시청률을 넘을 거라는 예상이 지배적이었다.

1부 완결을 향해 달려가는 댄싱 스타로 인해 미국 시청자들이 아우성쳤다.

- 1화부터 볼 수 있게 재방송을 해 주세요.
- 내가 왜 앨버트로스를 봤는지 모르겠다. 중간부터 본 댄싱 스타가 훨씬 재밌더라. 앞부분 내용을 친구한테 듣기는 했는데, 직접 보고 싶다.
- 1부 완결이 얼마 남지 않았는데, 재방송 일정이 잡혔나요?
- 요즘 열심히 촬영하고 있다고 들었어요. 댄싱 스타 2부는 언제 방영하나요?
- 연장 방송을 해라. 이렇게 잘 만들어진 드라마를 12부작으로 끝내는 건 말도 안 된다.
- 댄싱 스타는 무조건 특별 연장을 해야 한다.
- 춤과 노래가 너무 멋지다. 특히 사만다 윌치와 함께 나오는 기타 연주는 그야말로 최고다.

시청자들은 젊은 남녀의 고군분투를 산뜻하게 그려 낸 댄싱 스타에 열광했다. 화수가 거듭될수록 댄싱 스타의 열기는 더욱 높아졌다.

　댄싱 스타를 보는 미국인들이 점점 늘어나면서 CBC 드라마 본부는 축제에 빠져들었다.

　신작 드라마 방영이 들어갈 때마다 혹시나 조기 종영을 하게 되진 않을지 가슴 졸이던 때가 떠올라 감회에 젖기도 했다.

　CBC 드라마 본부보다 더욱 환호성을 지르는 곳이 있었다. 바로 댄싱 스타 드라마를 제작한 밀레니엄 스튜디오였다.

　불과 얼마 전까지 무명이었던 밀레니엄 스튜디오는 첫 번째 작품으로 그야말로 돈방석에 앉았다. 그야말로 거대한 유전이 터진 셈이었다.

　- 지분 투자를 하고 싶습니다.

　- 밀레니엄 스튜디오에 백만 달러 투자를 원합니다.

　- 댄싱 스타를 정말 감명 깊게 봤어요. 다음에 제작하는 드라마에 투자하려면 어떻게 해야 하나요?

　- 라운 감독님! 직접 만나서 투자에 관한 이야기를 나눠 봅시다. 제가 LA로 달려가겠습니다.

밀레니엄 스튜디오에 돈을 가지고 달려오겠다는 투자가와 기업들이 잔뜩 늘어났다.

그러나 밀레니엄 스튜디오는 어떤 투자도 받아들이지 않았다. 이미 밀레니엄 스튜디오에는 돈이 넘쳐 났다.

참으로 기분 좋은 시작이라고 할 수 있었다.

그리고 그로 인해 밀레니엄 스튜디오의 지분을 상당량 보유하고 있는 차준후도 덩달아 큰 이득을 보게 되었다.

"라운 감독님, 잘 지내셨습니까?"

퇴근을 한 차준후가 라운을 찾았다.

"대표님, 얼굴 보기가 정말 힘듭니다. 제가 얼마나 찾았는지 아십니까? 하마터면 얼굴을 잊어버릴 뻔했습니다."

라운이 스튜디오에 나타난 차준후를 격하게 반겼다.

"못 본 지 얼마 되지도 않았잖아요."

차준후가 가볍게 라운을 타박했다. 아무래도 자신을 무슨 아이디어 자판기처럼 생각하는 듯했다.

"댄싱 스타 2부를 찍으면서 차준후 대표님의 조언을 듣고 싶었다고요."

"혼자서도 잘하시면서 엄살이 너무 심하십니다. 댄싱 스타 시청률이 40%에 육박한다고 들었습니다. 여기저기서 감독님을 많이 찾고 있다면서요?"

라운의 입지가 무척이나 높아졌다.

이제는 어디에서도 라운을 초짜 감독이라고 생각하지

않았다. CBC 방송국에서는 라운을 대단히 명망 높은 감독으로 대우해 주고 있었다.

방송국에서는 높은 시청률을 보여 주는 감독이 최고였다.

"찾으면 뭐 합니까? 그들은 제게 어떠한 영감도 주지 못합니다. 오직 차준후 대표님만 제게 영감을 반짝거리게 만들어 줍니다."

시청률 40%라는 경이로운 성공은 오롯하게 라운의 성과가 아니었다.

라운이 쓴 댄싱 스타의 대본은 어디까지나 차준후의 시놉시스가 있었기에 탄생할 수 있었던 것이고, 이후 연출에서도 차준후의 조언이 없었더라면 그토록 멋있는 장면들은 나올 수 없었다.

그 사실을 라운은 그 누구보다 잘 알고 있었다.

그리고 그렇기에 더더욱 차준후를 이 업계에 끌어들이고 싶은 것이기도 했다.

"2부 제작은 잘 진행되고 있습니까?"

"시간이 촉박해서 마지막 16화까지 마무리 짓지는 못하고, 현재 2부 8화까지 편집을 마쳤습니다."

라운은 지금 촬영과 편집을 병행하고 있었다.

몸이 열 개라도 부족할 지경이지만 무척이나 행복했다. 감독에게 있어 높은 시청률은 피로를 잊게 해 주는 영양제나 마찬가지였다.

"역시 알아서 잘하시고 있잖습니까. 이번에도 좋은 결과가 나올 겁니다."

차준후는 라운의 재능을 믿었다. 내버려둬도 스스로 알아서 잘 성장할 감독이었다.

"그렇게 되어야죠. 다른 사람도 아닌 차준후 대표님의 시놉시스잖습니까. 높은 시청률이 나오지 않으면 그건 대본 각색과 연출을 제대로 하지 못한 제 책임이지요."

"방영일은 댄싱 스타 1부가 끝나고 바로입니까?"

"조금 늦췄으면 하는 바람을 내비쳤는데, CBC 드라마 본부장과 부사장이 찾아와서 제발 1부에 이어서 방영해 달라고 사정하더라고요."

라운은 조금 더 여유를 가지고 댄싱 스타 2부를 제작하고 싶었다. 그러나 간만에 찾아온 기회를 CBC 방송국은 놓치려고 하지 않았다.

"연타석 만루 홈런을 날리려는 것이군요."

댄싱 스타는 그야말로 기대하지 않은 만루 홈런을 날려버렸다. 그리고 CBC 방송국 관계자들은 또다시 만루 홈런을 기대하고 있었다.

"저도 그러고 싶지요. 그런데 NBC 방송국에서 이번에도 엄청난 제작비가 들어간 드라마를 내놓는다고 합니다."

라운의 이마에 주름이 잡혔다.

이번에도 드라마 왕국인 NBC 방송국이 거액을 들여 제작한 드라마와 경쟁하게 된 탓이었다.

다시 한번 그 긴장감을 느껴야 한다고 생각하니 벌써부터 속이 쓰릴 지경이었다.

"NBC 방송국의 신작 드라마 제목이 뭔지 혹시 알고 계신가요?"

"세브란이라는 멜로드라마입니다."

"음…… 댄싱 스타는 1부로 이미 고정 시청자층이 만들어졌으니 걱정하지 않으셔도 됩니다. 2부는 앨버트로스 때보다 더 쉽게 경쟁에서 이길 겁니다."

차준후는 앨버트로스 때도 그랬지만, 세브란이라는 드라마도 들어 본 기억이 없었다.

그렇다는 건 크게 걱정할 것 없다는 이야기였다.

그리고 설령 앨버트로스보다 잘 만들어진 작품이라 할지라도, 라운에게 말했듯이 이미 팬층을 확보한 댄싱 스타가 경쟁에서 질 가능성은 현저히 낮았다.

"대표님께서 그렇게 말씀해 주시니 마음이 놓이네요. 용기가 납니다."

라운이 안색이 펴졌다.

골치 아픈 부분이 차준후와 대화를 나누면서 씻은 듯이 사라진 느낌이었다.

"이번에도 PPL을 부탁합니다."

"PPL을 맡겨 주시면 오히려 제가 고맙죠."

라운은 스카이 포레스트의 PPL을 광고라 여기지 않았다.

차준후의 조언에 따라 작품과 잘 아우러지게 배치된 PPL은 영상미를 해치지 않고, 도리어 작품의 미장센으로 활용되었다.

1부에 등장한 란제리와 러닝머신은 화제를 불러일으켰고, 드라마를 보지 않은 이들의 관심마저 끌어모으며 댄싱 스타의 시청률을 끌어올려 준 일등공신이었다.

란제리 상점과 헬스장을 배경으로 한 장면들은 시청자들의 뇌리에 깊숙하게 각인되었고, 가장 인상적인 장면이었다고 호평하는 이들이 많았다.

"이번엔 어떤 PPL인가요?"

"헬스장과 향수입니다."

싸이벡 스카이에서 생산된 운동기구들은 이미 판매를 진행 중이었고, 이제 언제든지 헬스장 사업을 시작할 수 있었다.

스카이 포레스트는 미국의 주요 도시에 동시에 헬스장을 오픈할 예정이었다.

"헬스장 샤워실에 스카이 포레스트의 화장품과 향수를 비치할 예정입니다. 샤워를 끝내고 향수를 뿌린 남주인공과 여주인공이 스쳐 지나가는 장면이 나오면 어떨까 싶습니다."

"와우! 이야기만 들어도 벌써 영감이 마구 떠오르네요. 재미나게 연출할 수 있을 것 같아요. 아, 혹시 어떤 향수인가요?"

"이것들이 이번에 스카이 포레스트에서 출시할 향수들입니다."

차준후가 한국에서 챙겨 온 향수들을 라운에게 보여 줬다.

향수들은 SF 유리에서 아주 신경 써서 만든 크리스털 용기에 담겨 있었다.

크리스털은 굴절률과 투명도가 높으면서 광휘가 풍부해 고급스러운 공예품을 만들 때 주로 사용된다.

스카이 포레스트에서는 전영식이 뽑아낸 아주 환상적이며 고급스러운 디자인의 크리스털 용기에 향수를 담아 냈다.

기존에 이미 시장에 자리 잡은 향수들을 제치고 새로운 향수가 소비자들의 선택을 받기란 쉽지 않았다.

샤넬 NO.5처럼 무려 1921년에 출시된 향수임에도 21세기까지 인기를 끌기도 하는 것이 향수 시장이었다.

소비자들은 다른 화장품들과 마찬가지로 향수도 어떤 제품을 한 번 사용하기 시작하면 다른 제품으로 좀처럼 바꾸지 않았다.

그에 차준후는 소비자들의 눈길을 확 끌 수 있도록 향수 용기에 많은 신경을 쓴 것이었다.

"용기가 아주 아름답네요."

"크리스털 펌프식으로 만들었습니다. 상품이란 소비자들의 눈길을 사로잡는 것부터 시작이니까요."

"소비자들의 눈길을 사로잡는다라……. 대표님, 댄싱 스타 1부 마지막 회에 향수를 집어넣으면 어떻겠습니까? 분명 큰 화제가 될 겁니다."

그동안 차준후에게 도움만 받아 온 라운이었다. 이번에는 그가 차준후에게 도움이 되고 싶었다.

"그렇게 할 수만 있다면 좋기는 한데, 이미 마지막 회 편집은 모두 끝나지 않았나요? 갑자기 향수를 집어넣으려 한다면 쉽지 않을 텐데요."

시청률 40%가 넘을 거라 예상되는 댄싱 스타 마지막 회다. 거기서 이번에 출시할 향수들을 홍보할 수만 있다면 이보다 좋은 마케팅은 없었다.

제품을 출시하기 전부터 소비자들의 관심이 집중될 것이었다.

그러나 이미 편집이 모두 끝나고 방영을 고작 보름 앞둔 마지막 회를 수정한다는 건 쉽지 않은 일이었다. 자칫하다가는 작품을 망칠 수도 있었다.

차준후는 댄싱 스타를 망쳐 가면서까지 향수를 홍보하고 싶은 생각은 없었다.

그러나 라운은 고개를 가로저었다. 그리고 흥분한 채 말을 이어 나갔다.

"충분히 가능할 거 같습니다. 땀을 흘린 남주인공이 막 샤워를 끝내고 나왔는데, 남주인공의 몸에서 나는 향기에 무심코 고개를 돌리는 여주인공! 괜찮지 않나요?"

"좋네요."

라운의 아이디어를 들은 차준후가 고개를 끄덕였다.

확실히 좋은 아이디어였다. 그렇게 이어진다면 자연스럽게 향수를 작품에 녹여 낼 수 있을 것 같았다.

"아니면 이런 방법도……."

라운의 머릿속에서 향수를 어떻게 미장센으로 사용할지에 대한 영감들이 폭죽처럼 터져 나왔다.

라운은 1부 마지막에 향수를 어떻게든 미장센으로 등장시키고, 그 미장센을 2부까지 이어지게 만들고자 했다.

처음엔 차준후를 위해 제안한 것이었으나, 이제는 댄싱 스타 1부 마지막 회를 더 멋지게 연출하고 싶다는 욕심이 생겼다.

이제는 차준후가 말린다고 해서 될 일이 아니었다.

제3장.

면세점

면세점

미국에서도 붐비기로 손꼽히는 LA공항의 활주로에서 비행기들이 뜨고 내리기를 반복하고 있었다.

한 손에 캐리어를 끌고 공항 로비를 오가는 사람들은 여행을 떠날 생각에 무척이나 들떠 있었다.

비행기를 타고 출국하는 사람들을 배웅하러 나온 사람들, 출입하는 사람들을 맞이하는 사람들로 공항은 무척이나 복잡했다.

"오랜만이에요, 대표님."

"잘 지내셨나요?"

차준후가 티에리 캄벨과 악수를 나눴다.

공항에 온 건 비행기를 타고 출국하기 위함이 아니라 티에리 캄벨과의 만남 때문이었다.

정장을 몸에 타이트하게 입은 티에리 캄벨이 매력을 뽐내고 있었다.

"드디어 면세점을 차릴 수 있게 됐어요."

LA공항 출국장의 한쪽에서는 인부들이 공사가 한창이었다. 밝은 조명 아래 넓은 규모의 면세점이 새롭게 만들어지고 있었다.

LA공항 면세점은 한곳에 모여 있지 않고 곳곳에 외딴섬처럼 흩어져 있었는데, 술과 담배를 판매하는 면세점만이 저렴한 가격에 구매하려는 손님들로 붐볐다.

이 시대의 면세점은 아직 제품 구성이 다양하지 못해서 소비자들의 큰 관심을 받지 못했다. 주목을 받는 면세점의 제품이라고는 아직 술과 담배가 전부라고 할 수 있었다.

"축하합니다."

"모두 대표님의 아이디어 덕분이지요."

"허투루 듣지 않고 직접 노력한 분이 대단한 겁니다. 전 캄벨 사장님이 이처럼 면세점을 만들려고 노력할 줄 몰랐습니다."

차준후는 티에리 캄벨과의 만남에서 면세점 사업이 유망하다고 이야기를 꺼낸 적이 있었다.

출국 심사대를 통과해서 출국장에 들어서면 법적으로 그 나라를 떠난 것으로 취급된다. 또한 어느 나라에도 입국하기 전이었으니, 어느 나라의 법도 적용하기 애매하다고 할 수 있었다.

이러한 맹점을 이용하여 만들어진 것이 바로 면세점으로, 관세가 높게 붙는 상품일수록 면세점에서 큰 인기를 끄는데 그중 하나가 바로 화장품이었다.

그에 차준후는 티에리 캄벨에게 단순히 스카이 포레스트의 화장품을 수입해서 해외에 유통하는 것에 그치지 않고, 면세점 사업을 해 보는 것이 어떤지 권유했었다.

"미다스의 손이 유망하다고 평가한 사업을 어떻게 외면할 수 있겠어요? 다른 사람이 채 가기 전에 한시라도 빨리 시작해야죠."

고작 작년에 창업한 스카이 포레스트가 올해 포춘지에서 선정한 미국 100대 기업에 포함될 것이 확실시되고 있다.

그런 기업을 창업한 사업가의 안목을 믿지 않으면 누구의 안목을 믿는단 말인가.

"저를 높게 평가해 줘서 고맙습니다."

"지금 대표님을 만나려는 사람들이 줄을 서고 있다고 들었어요."

티에리 캄벨의 말처럼 차준후를 찾는 사람들이 늘어나고 있었다.

그녀는 차준후와 일찌감치 인연을 맺어서 이렇게 편하

게 만나고 대화할 수 있다는 걸 대단한 축복이라 여겼다. 차준후와 쉽게 만난다는 자체만으로도 미국 경제계에서는 인정받는 일이었다.

"제가 바빠서 아무나 만날 수는 없어요."

차준후는 사업적으로 자신이 꼭 필요한 만남이 아니라면 실무진을 대신해서 보냈다. 그 탓에 능력 있는 실무진들은 더욱 바빠질 수밖에 없었다.

그러나 성과급이 확실했기에 실무진들은 그에 큰 불만을 갖지 않고 맡은 바 업무에 최선을 다했다. 스카이 포레스트에는 직원들이 알아서 열심히 일할 수 있도록 시스템이 만들어져 있었다.

자신의 사람은 확실히 챙기는 차준후였다.

"저는 아무나는 아니라는 거군요."

티에리 캄벨이 미소를 머금었다.

캄벨 무역회사가 다른 기업들보다 발 빠르게 면세점 사업을 할 수 있게 된 것은 그 덕분이라고도 볼 수 있었다.

차준후가 누구에게든 호의를 베푸는 인물이었다면 이미 수많은 이들이 면세점 사업을 준비했을 것이었다.

차준후에게 선택받은 티에리 캄벨을 비롯한 몇몇 이들만이 그의 천재적인 안목의 특혜를 받고 있었다.

"오늘 만나 뵙자고 한 이유는 스카이 포레스트의 화장품과 옷을 면세점 중에서는 캄벨 무역회사에만 독점적으로 납품해 주실 수 없을지 제안을 드리기 위해서예요."

"독점이요? 아무래도 그건 어렵습니다."

차준후가 미간을 찌푸렸다.

지금 당장은 면세점 업체들이 보기 드물지만, 시간이 흐르면 전 세계에 늘어나게 될 면세점이었다.

지금 당장만 보고 캄벨 무역회사에만 독점 납품을 약속하는 건 섣부른 판단이었다.

"당연히 아무런 조건도 없이 제안을 드리는 건 아니에요. 스카이 포레스트의 제품을 저희 면세점에 독점적으로 납품해 주시는 대가로, 면세점 사업의 지분을 나눠 드릴게요. 한마디로 동업자가 되어 달라는 거죠."

티에리 캄벨이 승부수를 던졌다.

매력적인 제안이었다.

면세점은 황금알을 낳는 사업이라는 걸 차준후는 잘 알았다. 제트 여객기 시대가 도래하면서 비행기 승객들은 폭발적으로 늘어난다.

바야흐로 면세점은 폭발적으로 성장하게 된다.

"그렇게까지 하실 필요가 있나요?"

차준후가 고개를 갸웃거렸다.

스카이 포레스트에게 나쁠 것 없는 제안이었지만, 이제는 면세점의 성장 가능성을 알고 있을 티에리 캄벨이 지분까지 나눠 주겠다고 하는 것이 의아할 수밖에 없었다.

"든든한 동업자가 필요해요. 면세점 사업에 막강한 경쟁자가 등장했어요."

"경쟁자라면?"

"저와 거의 비슷한 시기에 면세점 기업을 창업한 곳이 있어요."

"어디입니까?"

"Duty Free라는 기업이에요."

"아!"

차준후가 탄성을 터트렸다.

티에리 캄벨의 걱정이 이해됐다.

그도 그럴 것이 Duty Free는 21세기에도 그 유명세를 이어 나가는 세계에서 가장 유명한 면세점 기업 중 하나다.

"미국의 유명한 사업가 두 명이 창업한 회사예요. 홍콩에서 면세점 사업을 시작하려는 모양인데, 얼마 지나지 않아 다른 나라까지 매장을 확장하려 들 거예요."

티에리 캄벨의 예측은 정확했다.

Duty Free는 홍콩과 미국 하와이에 면세점 사업을 시작한 뒤, 아시아를 중심으로 본격적으로 매장을 확장하며 2013년까지 오랜 기간 면세점 시장 부동의 1위를 차지했다.

지금 당장은 사업 영역이 겹치지 않더라도 언젠가는 결

국 입찰 경쟁을 맞붙게 될 수밖에 없었다.

이번 면세점 사업은 캄벨 가문에 무척이나 중요했다.

차후 스카이 포레스트 미국 법인이 어느 정도 자리를 잡게 되면, 더 이상 캄벨 무역회사를 통해 한국의 화장품을 미국에 수출할 필요가 없었다.

그렇게 된다면 현재 막대한 이익을 벌어다 주고 있는 수익 구조 하나를 잃게 되는 것이었다.

그때를 대비해서라도 어떻게든 이번 면세점 사업을 성공시켜야만 했다.

"그래서 앞으로의 경쟁에서 이겨 나가려면 저희 면세점만의 장점이 필요하다고 생각했어요."

차준후는 고개를 끄덕였다.

실제로 Duty Free도 세계 최대의 명품 회사인 루이뷔의 자회사로 편입되며 패션 분야에서 특출한 장점을 지닌 면세점으로 거듭날 수 있었다.

티에리 캄벨은 Duty Free와 루이뷔가 이루어 냈던 시너지를 스카이 포레스트를 통해 이루어 내려는 것이었다.

물론 Duty Free는 스카이 포레스트의 제품을 공급받지 못하는 대신, 다른 유명 브랜드들의 제품들을 공급받으려 하겠지만 티에리 캄벨은 상관없다고 여겼다.

스카이 포레스트의 제품들은 그 어느 유명 브랜드들의

제품들과 비교해도 손색이 없는 정도가 아니라, 세계 1위를 차지하게 될 거란 굳건한 믿음이 있었기 때문이다.

"그 판단이 잘못된 것이 아니라는 걸 보여 드리죠."

차준후가 기분 좋게 지분 투자를 받아들였다.

이렇게까지 자신과 스카이 포레스트를 믿어 주니 기분이 좋지 않을 수 없었다.

그리고 그 믿음이 틀리지 않았다는 걸 증명하고 싶은 마음도 있었다.

"동업자가 되어 주셔서 감사해요. 그런데…… 기업명은 캄벨&스카이로 해도 될까요?"

티에리 캄벨이 조심스럽게 물었다.

캄벨 가문의 사업임을 알리기 위해서는 기업명에 캄벨을 반드시 집어넣고 싶었다. 그런데 그러자면 스카이 포레스트의 이름만 빼놓을 수는 없었다.

두 기업의 이름을 모두 넣기로 정했다면, 다음 문제는 순서였다.

티에리 캄벨은 스카이 포레스트와 함께한다는 것이 더 우선되는 문제이기에 차준후가 원한다면 스카이를 앞에 넣는 쪽으로 양보할 의향이 있었다.

그러나 만약 차준후가 허락만 해 준다면 가능한 캄벨을 앞에 넣고 싶었다.

"그렇게 하세요. 애당초 면세점 사업의 경영도 오롯이

캄벨 무역회사에 맡길 생각입니다."

차준후이 분명하게 밝혔다.

이익을 위해 투자는 하되, 경영은 전문가에게 맡기는 것이 차준후의 기본 방침이었다.

만약 이것저것 직접 전부 손을 댈 생각이었다면, 티에리 캄벨에게 면세점 사업과 관련하여 조언도 하지 않았을 것이었다.

다른 이가 이처럼 말했다면 어느 누구라도 의심했을 것이었다. 사람의 욕심은 끝이 없는 법이니까.

그러나 말을 꺼낸 사람이 차준후이기에 티에리 캄벨은 그 뜻을 조금도 의심하지 않았다.

열 길 물속은 알아도 사람의 마음은 알지 못한다는 말이 있다.

그러나 눈앞의 차준후는 달랐다.

겉과 속이 다르지 않고 똑같았다. 입 밖으로 내뱉은 말은 반드시 지키는 사내였다.

그래서 그녀는 안심하고 동업을 제안할 수 있었다.

"배려해 주셔서 감사해요. 아, 점심시간도 다 됐는데 함께 식사 어떠세요?"

"좋습니다."

"공항 내에 요리를 아주 잘하는 레스토랑이 있거든요. 레오나 레스토랑이라고 하는데, 혹시 가 보셨나요?"

매일같이 수많은 승객으로 붐비는 LA공항에는 다양한 식당과 카페가 자리하고 있었다.

대부분은 저렴하게 식사를 할 수 있는 곳들이었지만, 개중에는 매우 고급스러운 레스토랑도 존재했다.

"아니요. LA공항의 식당은 이용해 본 적이 없습니다. 요리를 아주 잘한다고 하니 기대되네요."

차준후는 몇 차례나 LA공항을 이용했지만, 그간 식당이나 카페를 이용한 적이 없었다.

티에리 캄벨의 안내에 따라 레스토랑 안으로 들어서자, 유니폼을 입은 점원이 깍듯하게 두 사람을 맞이했다.

"몇 분이시죠?"

"두 명이에요."

"안내해 드리겠습니다."

점원의 안내를 따라 안으로 들어서자 무척이나 화려하게 꾸며진 내부가 드러났다. 일반적인 식당에서는 볼 수 없는 비싼 테이블과 의자, 조명 등으로 실내가 꾸며져 있었다.

"대표님, 혹시 원하시는 요리가 있나요?"

"전 어떤 메뉴든 괜찮습니다. 추천해 주시는 메뉴로 먹겠습니다."

"그러면 제가 일전에 맛있게 먹었던 요리들로 주문할게요."

음식 주문을 마친 뒤 티에리 캄벨은 이마를 식탁에 닿을 정도로 숙였다. 동양식 인사법이었다.

그만큼 차준후에게 고마워하고 있었다.

"다시 한번 감사드려요, 대표님. 대표님 덕분에 캄벨 무역회사가 나날이 크게 성장하고 있어요."

스카이 포레스트의 제품들이 미국에서 기대 이상으로 큰 인기를 끌며, 스카이 포레스트의 제품을 미국에 수출하고 있는 캄벨 무역회사는 급성장을 이루어 낼 수 있었다.

그리고 그렇게 마련된 기틀로 이번에 면세점 사업까지 시작하게 되었다.

차준후와 스카이 포레스트는 이제 캄벨 무역회사의 가장 중요한 사업 파트너였다.

"서로 도움을 준 거죠. 저도 캄벨 무역회사에 고마운 점들이 많습니다."

차준후도 마주 고개를 숙였다.

캄벨 무역회사가 스카이 포레스트 덕분에 크게 성장할 수 있기도 했지만, 반대로 스카이 포레스트가 지금처럼 성장할 수 있었던 것에도 캄벨 무역회사의 도움이 컸다.

지금은 스카이 포레스트가 세계적으로 유명해졌지만, 불과 1년 전만 해도 달러가 없어서 덴마크까지 날아가서 차관을 빌리기도 했었다.

참으로 단기간에 폭발적으로 스카이 포레스트를 성장하게 만든 차준후였다.

"그 당시에는 회사에 달러가 부족해서 미국 진출이 어려웠었거든요."

"대표님이라면 캄벨 무역회사가 없었어도 결국 미국에 쉽게 진출을 하셨겠지요."

"캄벨 무역회사 덕분에 한결 더 쉬워졌다는 사실은 바뀌지 않습니다."

스카이 포레스트가 처음 미국에 화장품을 수출할 당시, 스카이 포레스트는 미국에서의 인지도가 지금만큼 높지는 않았다.

그럼에도 캄벨 무역회사는 엄청난 물량을 판매해 냈고, 그렇게 벌어들인 달러로 스카이 포레스트 또한 지금의 기틀을 만들어 냈다고 볼 수 있었다.

스카이 포레스트와 캄벨 무역회사 둘 다 서로가 있었기에 지금의 자리까지 오를 수 있는 것이나 마찬가지였다.

그동안 있었던 일들과 앞으로의 면세점 사업 방향 등을 두 사람이 허심탄회하게 이야기했다.

"실례합니다."

스테이크를 비롯해 먹음직스러운 요리들이 차례차례 테이블 위에 쫙 깔렸다.

차준후가 식사에 집중하며 하나하나 음식을 음미하던

그때, 티에리 캄벨이 입을 열었다.

"차준후 대표님, 한 가지 더 부탁드려도 될까요?"

"말씀하세요."

"면세점 광고를 제작해 주세요."

"네?"

생각지도 못한 갑작스러운 부탁에 차준후가 반문하고 말았다.

"대표님에게 광고 기획을 맡기고 싶어요."

티에리 캄벨이 간절하게 호소했다.

아직 세상에 많이 알려지지 않은 면세점 사업이니만큼 마케팅이 무척이나 중요했다. 캄벨&스카이가 사람들의 뇌리에 선명하게 각인되기 위해서는 파격적인 광고가 필요했다.

그리고 그러한 파격적인 광고의 대표적인 예가 바로 스카이 포레스트의 광고들이었다.

스카이 포레스트는 내보내는 광고마다 미국을 떠들썩하게 만들며 미국 전역의 관심을 한 몸에 받았다. 그런 광고를 이번에도 만들어 주었으면 했다.

"스카이 포레스트는 광고 제작사를 운영하고 있지 않습니다만……."

"스카이 포레스트의 광고들은 전부 대표님께서 직접 기획을 짜셨다고 들었어요. 이제 캄벨&스카이도 스카이 포레스트의 계열사라고 볼 수 있지 않겠어요?"

티에리 캄벨은 필사적으로 차준후를 설득했다.

캄벨 가문은 이번 면세점 사업에 총력을 기울이고 있었다. 면세점의 빠른 성공은 캄벨 가문의 성공이기도 했다.

"흠……."

잠시 고민에 빠졌던 차준후가 이내 고개를 끄덕이며 대답했다.

"알겠습니다. 기획뿐만 아니라 제작까지 스카이 포레스트에서 맡아 드리겠습니다."

지분을 나누기로 한 이상, 캄벨&스카이는 차준후의 회사이기도 했기에 부탁을 받아들이기로 마음먹은 것이었다.

"무리한 부탁을 들어줘서 고마워요."

티에리 캄벨이 환하게 웃었다.

현재 미국 광고업계에서는 스카이 포레스트의 광고 효과를 보고서 하나둘씩 따라 하고 있었다.

하지만 차준후의 기획은 따라 하려고 마음먹는다고 따라 할 수 있는 게 아니었다.

그에 수많은 기업이 스카이 포레스트에 광고 제작을 맡길 수 없는지 문을 두들겼지만, 그들에겐 차준후를 만날 수 있는 기회조차 얻지 못했다.

그런 걸 생각하면 티에리 캄벨은 자신이 차준후와의 친

분이 있는 것이 정말 행운이라는 생각이 다시금 들었다.

"댄싱 스타 2부에 면세점을 PPL로 넣는 것도 좋아 보이네요."

"PPL이요?"

"영화나 드라마에 상품을 소도구로 끼워 넣는 광고 기법입니다. 간접광고라고 생각하시면 됩니다."

"아! 댄싱 스타에 스카이 포레스트의 제품들이 나오던 걸 이야기하는 거군요!"

티에리 캄벨도 댄싱 스타를 생방송을 보고 있는 애청자였다.

"물론 좋아요!"

"알겠습니다. 그러면 제가 라운 감독에게 이야기해 보겠습니다."

차준후는 티에리 캄벨과 대화를 나누면서 곧장 광고 기획을 머릿속으로 구상하기 시작했다.

'매우 귀여운 여인의 쇼핑 장면을 광고로 이용해 볼까?'

차준후는 '매우 귀여운 여인'이라는 영화를 떠올렸다.

겉모습만으로 평가하는 점원 탓에 매장에서 무시를 받은 여주인공이 세련된 모습으로 꾸민 채 마음껏 쇼핑을 하는 모습은 오랫동안 명장면으로 평가받았다.

이 장면을 각색해서, 수수한 스타일의 여성이 공항을

빠져나오자 머리부터 발끝까지 화려하게 변신하는 장면으로 꾸민다면 어떨까?

영화나 드라마에서 신데렐라 이야기는 언제나 마법처럼 잘 통한다. 광고라고 해도 이 부분은 예외가 아니었다.

차준후는 단숨에 면세점 광고의 컨셉을 짜냈다. 그리고 이 광고를 찍을 사람은 바로 라운 감독이었다.

매우 귀여운 여인이라는 광고 컨셉으로 라운 감독은 새로운 작품의 실마리를 얻게 될지도 몰랐다.

* * *

댄싱 스타 1부 마지막 회를 방영하는 일요일이 되었다.

마지막 방송을 모두 함께 시청하기로 댄싱 스타의 배우와 스태프들이 로안 글로리 호텔의 레스토랑 한 곳을 통째로 빌렸다.

바로 차준후가 머무르고 있는 호텔이었다.

댄싱 스타는 11화에서 그토록 바라던 시청률 40%의 벽을 넘어섰다. CBC 방송국이 조사한 바로는 40.8%라는 시청률이 나왔다.

반면 NBC 방송국에서는 자체 조사한 댄싱 스타 시청률이 38.4%라고 발표했다. 댄싱 스타를 깎아내리기 위한 수치이기도 했다.

이 당시에는 전화기를 돌려서 주먹구구식으로 하는 시청률 조사였기에 어느 쪽이 정확하다고 말할 수 있는 시스템이 아니었다. 같은 방송국에서도 조사할 때마다 시청률이 달라졌다.

NBC 방송국의 훼방에도 불구하고 댄싱 스타 배우와 스태프들은 환희의 환성을 내질렀다.

미국에서 출연 배우와 스태프들이 이렇게 마지막 방송을 함께 보는 경우는 드물었다.

그런데 이번에 이들이 이렇게 모인 이유는 다름 아닌 차준후 때문이었다.

댄싱 스타의 배우와 스태프들은 라운이 차준후와 친분이 깊다는 사실을 알고 있었기에, 혹시라도 차준후도 오진 않을까 기대했던 것이다.

그렇지만 라운의 간곡한 부탁에도 불구하고 차준후는 끝끝내 거절을 했다.

대신, 이들이 1부 마지막을 더할 나위 없이 즐겁게 맞이할 수 있도록 회식비를 화끈하게 지원했다.

덕분에 댄싱 스타 1부 마지막 회 쫑파티가 최고급 호텔에서 호화롭게 치러질 수 있었다.

"우리 댄싱 스타 시청률이 토요일인 어제 드디어 40%를 넘어섰습니다."

라운이 목청을 높였다. 그의 얼굴이 붉게 상기되어 있었다.

그는 자신의 첫 작품이 40% 시청률을 냈다는 것이 마치 꿈만 같았다.

대학을 중퇴하고 밀레니엄 스튜디오를 창업한 게 엊그제 같은데, 드디어 꿈에 그리던 성공을 움켜잡았다. 작년 중순까지만 해도 불확실한 미래였는데, 이제 그의 앞에는 탄탄대로가 깔려 있었다.

이 모든 게 차준후와의 만남 덕분이었다.

"라운 감독님, 축하드립니다!"

"전 감독님이 해내실 줄 알았습니다."

"정말 좋은 드라마를 만들어 내셨어요."

"이런 대작 드라마에 출연하게 해 주셔서 정말 감사합니다."

배우와 스태프들이 라운에게 앞다퉈서 축하와 감사 인사를 건넸다.

라운 감독의 재능은 이제부터 시작이었고, 라운과 함께한다는 건 업계 관계자들에게 축복이나 마찬가지였다.

"오늘 시청률은 더 높게 나올 겁니다."

"당연한 소리!"

"마지막 회잖아. 보통 최종회가 시청률이 가장 잘 나오는 법이지."

이 자리에 모인 이들은 댄싱 스타 마지막 회가 시청률을 다시 한번 경신해 주길 고대했다.
 "오늘처럼 기쁜 날 술을 빼놓을 수 없지요. 모두 한잔 합시다."
 라운이 술잔을 높이 치켜들었다.
 "잔을 들어요."
 "자! 잔에 축제의 샴페인을 채웁시다!"
 "술을 마시지 못하면 콜라로 괜찮습니다."
 환하게 웃는 사람들이 술잔을 들어 올렸다.
 라운 감독의 자리 옆에 사만다 월치가 자리를 잡고 있었다.
 그녀도 자신의 잔에 샴페인을 가득 채웠다.
 '오늘 오실 수도 있다고 생각했는데……'
 그녀가 입구 쪽을 자꾸만 바라봤다.
 혹시라도 차준후도 참석하지 않을까 싶어 온 쫑파티였다.
 그러나 아쉽게도 차준후는 기념비적인 1부 쫑파티임에도 머리카락조차 보이지 않았다. 같은 호텔 안에 있었으나 서로 있는 곳은 달랐다.
 '더 가까워지고 싶었는데……'
 사만다 월치는 차준후와 더 친밀해지고 싶었는데 기회조차 오지 않았다.

기껏 신경 써서 차려입고 나왔으나, 그것을 보여 주고 싶었던 사람에겐 정작 보여 주지 못하게 됐다. 기쁜 축제의 날이었는데 전신에서 힘이 쫙 빠졌다.

 "댄싱 스타 1부의 화려한 피날레를 위하여! 그리고 새롭게 시작하는 댄싱 스타 2부의 눈부신 비상을 위하여! 한 잔들 합시다!"

 라운이 샴페인을 단숨에 들이켰다.

 "화려한 비상을 위하여!"

 "2부의 성공을 위하여!"

 "2부도 성공한다는 것에 내 배우의 인생을 걸겠어."

 "2부의 성공은 이미 확정입니다."

 배우들은 다음 주에 이어서 방영될 2부의 성공을 믿어 의심치 않았다.

 느낌이라는 게 있다.

 대본이 무척이나 잘 빠졌고, 배우들은 열연을 했으며, 라운 감독은 심혈을 기울여 촬영에 집중했다. 댄싱 스타 1부 때보다 현장의 분위기가 살아 있었다.

 그리고 CBC 방송국에서 댄싱 스타 2부의 성공을 확신하고 있었다.

 "라운 감독님! 2부도 잘 부탁드립니다! 조건은 최고로 맞춰 드릴 테니, 3부도 곧바로 이어서 제작하시죠."

 CBC 드라마 본부장인 오손이 은근슬쩍 댄싱 스타 3부를 확정하려고 했다.

"아직 2부 첫 방송도 시작하지 안 했습니다. 3부는 조금 시간을 두고 결정하는 게 좋겠습니다."

"그러지 마시고 다시 생각해 보시죠. 2부도 분명 크게 성공할 텐데, 그 분위기를 이어서 3부까지 방영한다면 방송계의 다시없을 역사를 쓰실 수도 있습니다."

"본부장님, 제가 이번 주에 잔 시간이 모두 합해도 24시간이 채 안 됩니다. 이러다가는 제가 제 명에 못 살고 죽겠습니다."

라운은 댄싱 스타 2부까지 쉬지 않고 연이어 촬영에 들어간 탓에 몸이 지나치게 망가져 있었다. 제작할 수만 있다면 물론 그도 3부를 제작하고 싶지만, 연이어 제작하는 건 무리였다.

"미처 신경을 쓰지 못해 죄송합니다. 이제부터라도 감독님을 보조할 수 있는 촬영 감독과 편집 감독을 찾아보도록 하겠습니다. 그러면 지금보다는 제작 여건이 훨씬 나아지실 겁니다."

"괜찮습니다. 전 제 필름에 다른 누군가가 손대는 걸 좋아하지 않아요."

다른 촬영 감독과 편집 감독의 도움을 받는다면 몸은 편안해질지 몰라도, 마음은 계속 불편할 것이었다.

그래서는 아무런 의미도 없었다.

"안 된다고 하지 마시고 부사장님과 한번 만나서 이야기를 나눠 보시죠."

"그럴 필요까지는 없을 것 같습니다. 어차피 제가 드릴 이야기는 정해져 있으니까요. 댄싱 스타 3부를 제작하길 원하신다면 차준후 대표님을 어떻게든 작가로 고용해 주세요. 그러면 하겠습니다."

어차피 댄싱 스타 3부는 라운이 만들고 싶다고 해서 만들 수 있는 것이 아니기도 했다.

댄싱 스타는 차준후의 시놉시스나 아이디어 없이는 영감이 떠오르지 않아 대본이 나오지 않았다.

"그건 저희가 어떻게 할 수 있는 게……."

"3부는 그게 해결된 후에 이야기하도록 하시죠. 그사이 저는 다른 작품을 진행하고 있겠습니다. 최근에 차준후 대표님께서 광고 제작을 하나 맡겼는데, 그 기획을 보면서 좋은 영감이 하나 떠올랐거든요."

얼마 전 라운은 차준후에게 면세점 광고 제작을 부탁받으며, 동시에 관련 광고 기획을 전달받았다.

영화 '매우 귀여운 여인'을 모티브로 한 광고 기획이었다.

그 광고 기획을 본 순간 라운은 망치로 머리를 두들겨 맞는 엄청난 충격을 받아야만 했다.

"어떤 영감입니까?"

오손이 황급히 물었다.

댄싱 스타의 탄생 배경이 미니스커트 광고에 있다는 건 업계에 무척 유명하다. 그런데 그런 광고가 또 튀어나온 듯 보였다.

"로맨틱 코미디 작품에 대한 영감입니다. 차준후 대표는 정말이지, 저의 뮤즈 같은 존재입니다. 그의 이야기를 듣다 보면 만들고 싶은 작품이 절로 머릿속에 떠오릅니다."

라운이 황홀한 표정을 지었다.

지금 그의 머릿속에는 연출하고 싶은 장면이 마구 솟아났다.

재능 넘치는 라운이 진정으로 제작하고 싶은 작품!

감독과 PD 등 아티스트들에 익숙한 오손은 대작의 냄새를 진하게 맡았다. 비록 여러 번 꽝을 선택했지만 때론 제대로 적중하기도 했다.

"이번에도 CBC 방송국과 함께 합시다. 바로 부사장님과 미팅 자리를 마련해 놓겠습니다."

밀레니엄 스튜디오의 입지는 그야말로 엄청나게 올라갔다.

댄싱 스타 1부를 제작할 때도 그랬지만, 댄싱 스타 1부가 크게 성공한 이후로는 아직 아무런 차기작도 준비되어 있지 않음에도 미국의 4대 방송국에서 모두 다음 작품을 같이하자며 제의하고 있었다.

다른 방송국들에서 밀레니엄 스튜디오를 노리고 있다는 사실을 CBC 방송국도 잘 알았다. 그렇기에 지금 몸이 달아서 자꾸 라운 감독을 재촉하는 것이기도 했다.

"아직 대본도 나오지 않았습니다. 대본이 나오고 구상이 명확해지면 그때 미팅하는 것으로 하죠."

라운은 성급하게 차기작 계약을 맺을 생각이 없었다.

"차준후 대표님이 새로운 광고를 만들려고 하시는구나. 이번에도 연락을 주실까?"

샴페인으로 목을 축이고 있던 사만다 월치가 조용히 중얼거렸다.

그녀는 드라마 출연도 출연이지만 차준후와 더 많은 인연을 만들고 싶었다. 마음속으로 연락이 오기를 간절하게 기도하였다.

그리그 그건 다른 배우들도 마찬가지였다.

"라운 감독님의 차기작에도 출연하고 싶다. 저렇게 확신하시는 걸로 봐서 대단한 작품이 틀림없어."

"어떤 광고가 나올지 기대된다. 재미난 광고면 틀림없이 드라마도 엄청난 시청률을 기록할 거야."

"라운 감독님이 크게 흥분하고 있잖아. 이번에도 대단한 작품을 만드실 거야."

"천재 차준후 대표의 이야기로 만드는 드라마야. 실패

한다는 건 있을 수가 없어."

한순간에 댄싱 스타에 이어 차준후와 라운 감독이 함께하는 두 번째 작품에 대한 소문이 쫙 퍼졌다.

"자, 모두 조용히 합시다! 이제 마지막 회 방송합니다."

조감독이 크게 외쳤다.

떠들썩하던 실내가 조용해졌다.

사람들의 시선이 텔레비전에 몰렸다.

호텔 한쪽에 놓인 텔레비전에서 댄싱 스타 오프닝이 올라가면서 현란한 기타 연주가 들려왔다. 지미 헨드릭의 기타 연주는 많은 미국인의 심금을 울렸다.

'텔레비전에서 흘러나오는 노래를 들을 때마다 좋다.'

지미 헨드릭이 멍한 표정으로 들려오는 자신의 노래에 빠져들었다.

그는 딱히 드라마에 관심이 없었다.

그렇지만 댄싱 스타를 꼬박꼬박 시청하였고, 재방까지 챙겨서 봤다. 자신의 노래를 청취하기 위함이었다.

'정말 감사합니다.'

지미 헨드릭이 기회를 준 차준후를 떠올렸다.

댄싱 스타 드라마의 성공과 함께 지미 헨드릭도 업계의 지대한 관심을 받고 있었다. 곳곳에서 기타 연주를 해 달라는 요청이 쏟아졌다.

독특한 연주로 미국인들에게 외면을 받던 지미 헨드릭

의 역사가 완전히 바뀌어 버렸다.

'하루 한 시간씩 꼬박꼬박 러닝머신에서 달릴게요.'

지미 헨드릭이 차준후의 요구를 지키겠다고 다짐했다.

참으로 별난 사람이었다.

열심히 운동하라는 게 대표로서의 지시 사항이라니.

솔직히 이해가 가지 않는 면이 많았지만 러닝머신을 한 시간씩 달리면서 몸이 점점 좋아지고 있었다. 처음에는 땀 흘리며 운동하는 게 싫었지만 이제는 달리지 않으면 몸이 찌뿌둥했다.

'제 건강을 챙겨 주셔서 감사합니다.'

지미 헨드릭은 차준후가 자신을 소중하게 다뤄 준다는 느낌을 받았다.

마치 깨지기 쉬운 유리처럼 말이다.

그 유리가 절대로 깨지지 않도록 지미 헨드릭은 노력할 생각이었다.

성공한 드라마의 OST는 미국인들이 지미 헨드릭의 연주를 호감으로 받아들이게 만들기 충분했다.

댄싱 스타 드라마로 인해 운명이 뒤틀린 사람들이 많았다.

그렇게 각자 나름의 생각에 빠지며 마지막 회를 감상하고 있었으나, 방송에 전혀 몰입하지 못하는 사람이 한 명 있었다.

"절대 다른 방송국으로 가시면 안 됩니다."
"지금은 방송에 집중합시다."
"다른 방송국 가시면 저 잘립니다. 제가 무조건 최고의 조건으로 맞춰 드린다니까요."

오손이 라운의 옆에서 애걸복걸하였다.

오손은 CBC 방송국 내에서 입지가 불안정했다.

그가 드라마 본부장에 오른 이후 방영한 CBC 방송국의 드라마들이 실패만 반복해 온 탓이었다.

사실 이번에 댄싱 스타가 성공하지 못했다면 이미 본부장 자리에서 물러나야 했을지도 몰랐다.

한마디로 바람 앞에 등불 같은 신세나 마찬가지였다.

그리고 댄싱 스타는 곧 꺼질 것 같던 등불을 다시 활활 타오르게 만들어 준 작품이었다.

덕분에 오손은 CBC 방송국 내에서 평가가 한순간에 달라지게 되었다.

그런데 라운이 다른 방송국으로 간다?

설령 그렇게 되더라도 어떻게든 다음 작품도 성공시키기만 한다면 상관없겠지만, 그럴 수 있으리란 보장은 없었다.

오손으로서는 어떻게든 라운을 붙잡아야만 했다.

"알겠습니다. 최고의 조건이라면 CBC 방송국과 계약하도록 하죠. 그러니 마지막 회에 집중합시다."

라운이 결국 오손의 애걸복걸에 조건부 승낙을 하였다.

애당초 라운은 CBC 방송국과 좋은 관계를 유지하고 있었기에 같은 조건만 되더라도 다른 방송국으로 갈 생각이 없었다.

하지만 만약 다른 방송국의 조건이 더 좋다면 아쉽지만 CBC 방송국과의 인연은 여기까지였다.

라운도 스튜디오를 운영하는 입장에서 현실적인 선택을 할 수밖에 없었다.

그러나 오손은 그 정도면 충분했다.

"약속하신 겁니다!"

그냥 성공도 아닌 대성공을 거둔 댄싱 스타다. 당연히 최고의 대우를 해 줘야만 했다.

오손도 싸게 후려치면서까지 라운과 함께하려는 생각은 아니었다.

원하는 걸 얻어 낸 오손이 의기양양한 표정을 지었다. 이제야 그의 눈에 드라마가 들어왔다.

'정말 잘 만든 드라마라니까.'

그는 드라마 본부장으로서 수많은 드라마를 봐 왔다. 그런 드마들 가운데 댄싱 스타는 손가락에 꼽을 정도로 수작이었다.

마지막 회는 특히 더 대단했다.

1화부터 11화까지 이어진 내용들이 마지막 회에 이르러 하나로 연결되며 드라마를 클라이맥스로 이끌었다.

정말 감탄이 절로 나오는 연출이었다.

그리고 이내 드라마가 모두 끝이 났을 때, 자리에 있던 모두 여운에 잠긴 채 아무런 말도 하지 못했다.

엔딩 크레딧이 지나가는 가운데, 오손이 슬며시 일어나 전화기가 있는 곳으로 이동했다.

"오손 본부장이네."

- 안녕하십니까. 시청률 조사 부서의 스튜어트입니다.

"오늘도 스튜어트 자네가 받는군."

- 부장님은 경영진들에게 시청률을 보고하기 위해 나가셨습니다.

"쯧쯧쯧! 오늘도 직접 움직였군. 시청률이 얼마나 나왔나?"

- 초반부 평균 시청률이 41%로 나왔습니다. 그리고 드라마가 진행될수록 조금씩 올라갔고, 마지막 부분에서 44%라는 수치가 나왔습니다.

"정말 잘 나왔군. 수고했네."

- 감사합니다.

오손이 전화를 끊었다.

이 기쁜 소식을 빨리 전하기 위해 다시금 라운에게 빠르게 접근했다.

"시청률이 얼마나 나왔습니까?"

전화하던 오손을 봤었기에 라운이 다짜고짜 물었다. 시청률은 감독으로서 반드시 확인해야만 하는 수치였다.

주변이 조용해졌다.

시청률을 지금 실내에 있는 모든 사람이 궁금해하고 있었다.

"여러분! 댄싱 스타의 마지막 회 시청률이 44%가 나왔습니다!"

오손이 시청률을 밝힌 순간 레스토랑 곳곳에서 환호성이 터져 나왔다.

"와아아! 44%! 내가 출연한 드라마가 44% 시청률을 기록했다!"

"미쳤다. 이건 정말 미쳐 버린 수치야."

비록 50%는 넘기지 못했지만 댄싱 스타는 뮤지컬 드라마의 신기록을 세웠다.

제작하면 밑바닥을 기는 시청률을 기록하다가 망하기 일쑤인 뮤지컬 드라마였다. 그렇지만 잘 만든 뮤지컬 드라마는 성공할 수 있다는 걸 댄싱 스타가 보여 줬다.

"정말 대단한 일을 해내셨습니다. 축하합니다, 라운 감독님."

오손이 라운 감독에게 축하 인사를 건넸다.

"진짜 축하 인사를 받아야 할 사람은 따로 있습니다."

"혹시 제가 어려워하는 그분?"

"맞습니다. 댄싱 스타는 그분이 있었기에 제작될 수 있었던 것이니까요."

라운은 차준후가 있었기에 댄싱 스타의 제작이 시작될 수 있었고, 또한 지속적으로 도움을 주었기에 성공할 수 있었던 것이라고 봤다.

제작 현장에는 없었지만, 누구보다 강한 영향력을 미치고 있었던 차준후였다.

* * *

댄싱 스타 엔딩 크레딧이 텔레비전에 올라오고 있었다.

"재밌었다."

차준후의 입가에 미소가 떠올랐다.

라운 감독의 연출력은 후반부로 갈수록 더욱 돋보였다. 물 흐르듯 이어지는 스토리 전개와 아름다운 영상미가 아직까지도 차준후에게 여운을 안겨 줬다.

미래에서 봤던 드라마들에 비해 부족함이 전혀 느껴지지 않은 댄싱 스타 이야기는 차준후를 흐뭇하게 만들어 줬다.

차준후는 역사에 없던 드라마를 제작하는 데 자신이 힘을 보탰다는 사실이 뿌듯했다.

완성도 높은 댄싱 스타 1부의 대성공으로 가장 큰 이득을 본 곳은 방송국이나 밀레니엄 스튜디오가 아니었다.

"덕분에 기대 이상으로 큰 이득을 보게 됐네."

주말 저녁이 되면 온가족이 텔레비전 앞에 모여서 함께 시청한 댄싱 스타였다.

댄싱 스타의 PPL을 한 스카이 포레스트의 제품들은 높은 시청률만큼이나 많이 알려지게 되었다.

시청자들은 드라마에 등장한 것과 똑같은 란제리를 구매하기 위해 SF 란제리가 입점한 매장을 돌아다녔고, 러닝머신을 비롯한 운동기구들도 차준후가 조지 스티븐에게 확신했던 대로 미리 생산했던 물량들이 첫 주 만에 모두 판매되었다.

SF 란제리와 싸이벡 스카이는 행복한 비명을 질러 가면서 추가 생산에 박차를 가했고, 동시에 늘어나는 업무량 감당하기 위해 신규 직원들을 채용했다.

일반적으로 이 정도 광고 효과를 얻으려면 광고를 수개월을 걸어도 부족했고, 상당한 광고비가 지출됐을 것이었다.

그것을 PPL 하나로 이루어 냈으니 엄청난 성과라 할 수 있었다.

「그동안 댄싱 스타 1부를 시청해 주신 시청자분들의 뜨거운 성원에 감사드립니다. 시청률 40%를 넘은 댄싱 스타는 다음 주 토요일에 곧바로 2부가 방영됩니다. 앞으로도 시청자 여러분의 많은 관심 부탁드립니다.」

CBC 방송국에서는 댄싱 스타 2부가 연이어 방영될 것이라며 대대적으로 선전했다.

"이제 NBC 방송국은 머리가 아프겠네."

라운 감독이 또다시 NBC 방송국의 기대작과 맞붙게 된다는 사실에 우려를 표했지만, 차준후는 걱정해야 할 건 라운 감독이 아니라 NBC 방송국이라고 여겼다.

시청률 40%는 역대 드라마들을 통틀어도 손에 꼽을 만큼 엄청난 수치였다.

심지어 1화부터 마지막 12화까지 꾸준하게 우상향을 하며, 2부에서도 같은 그래프를 그려 나갈 것이라 기대되는 댄싱 스타 2부였다.

NBC 방송국의 신작 드라마 세브란은 그런 댄싱 스타 2부와 겨뤄야 하는 것이다.

이제는 양상이 완전히 뒤바뀌었다.

댄싱 스타 1부가 방영에 들어가기 전에는 댄싱 스타가 도전자고 NBC 방송국의 드라마 앨버트로스가 챔피언이었지만, 이제는 NBC 방송국의 드라마 세브란이 댄싱 스타 2부에게 도전하는 입장이 되어 버렸다.

이제는 댄싱 스타가 챔피언이었다.

어디까지나 도전자는 NBC 방송국의 드라마 세브란이었다.

제4장.
천연가스 비료

천연가스 비료

"스카이 포레스트에서는 아직 연락이 없나?"

"네. 아직 어떠한 연락도 오지 않았습니다."

"으음…… 우리보다 싸게 입찰한 곳이 있을 리가 없는데……."

"차준후가 다시 미국으로 갔다고 하는데, 설마 미국 기업과 협상을 진행하고 있는 건 아닐까요?"

"그건 말이 안 돼. 다른 기업들은 우리보다 최소 천만 달러 이상 높게 입찰했을 테니까. 만약 미국 기업과 접촉했다 해도 그건 우리에게 더 조건을 끌어내기 위한 수작이겠지."

미쓰비사 상사의 사장 미시마 다츠오는 스카이 포레스트가 자신들에게 비료 공장 건설을 맡길 것이라 자신하고 있었다.

업계의 소문을 통해 스카이 포레스트가 세계 최대 규모의 비료 공장을 건설하려 한다는 소식을 들은 그는 어떻게든 그 시공을 따내야만 한다고 판단했다.

미쓰비사가 세계 최대 규모의 비료 공장을 한국에 건설했을 때 천문학적인 무형적 이득을 얻어 낼 수 있기 때문이었다.

미시마 다츠오는 미쓰비사의 회장 주재로 진행된 사장단 회의에서 격렬하게 자신의 주장을 펼쳤고, 격론 끝에 사실상 시공비를 손실만 보지 않는 수준의 조건으로 입찰하는 데 승낙을 받아 냈다.

회장을 허락을 얻은 미시마 다츠오는 곧장 자필로 편지까지 써서 스카이 포레스트에 견적서를 보낸 뒤 들뜬 마음으로 회신을 기다렸다.

그러기를 며칠.

스카이 포레스트에서 쌍수를 들고 반기며 연락을 줄 것이라 생각했건만, 아무리 기다려도 연락이 오질 않았다.

그러나 그럼에도 미시마 다츠오는 결국엔 스카이 포레스트가 자신들에게 시공을 맡기리라 믿어 의심치 않았다.

아직도 연락을 주지 않는 것은 그저 협상을 유리하게 이끌어 나가기 위해 그러는 것이리라 여겼다.

자신의 편지가 이미 쓰레기통에 버려졌다는 걸 꿈에도 생각지 못한 그는 그렇게 착각에 빠져 있었다.

물론 그것이 아무런 근거도 없는 착각은 아니었다.

최저가의 견적 말고도 그가 믿는 구석은 한 가지 더 있었다.

"요소 비료를 대량으로 생산할 수 있는 기술을 우리가 가지고 있는데, 세계 최대 규모의 공장을 세우면서 우리와 협력하지 않는다고? 그렇다면 도대체 그 많은 비료를 무슨 기술로 만들려고?"

세계의 수많은 대규모 비료 공장들이 미쓰비사의 특허 기술을 사용해 요소 비료를 생산하고 있었다.

대량 생산을 목표로 하는 대규모 공장일수록 미쓰비사의 특허 기술이 절실했다. 미쓰비사의 특허 기술을 사용하지 않는다면 대규모 공장은 제 기능을 하지 못했다.

"하지만 저희가 제시한 금액은 더 이상 낮출 수도 없는 최저가인데, 여기서 더 협상은 불가하다는 건 차준후도 알고 있을 겁니다. 그런데도 이렇게까지 연락이 없다는 건 이상한 일입니다."

"그러면 자존심 때문일지도 모르겠군. 이게 다 정부에서 스카이 포레스트를 건드린 탓 아닌가. 차준후가 일본 기업이라고 무조건 척을 지는 건 아니잖아. 실제로 요신 향료는 스카이 포레스트와 협력 관계를 맺고 있고. 조금만 더 기다리면 연락이 오겠지."

"화장품 원재료 수출 금지는 시세삼도 때문에 내린 조치라고 알고 있습니다."

"그래도 너무 치졸했어."

미시마 다츠오가 봤을 때 수출 금지는 참으로 치졸한 수였다.

세계를 상대로 사업을 하는 일본의 입장에서 수출입 관련 업무를 감정적으로 처리한다는 건 많은 문제를 야기할 수 있었다.

그리고 스카이 포레스트의 성장을 막기 위해 펼쳤던 일본 정부의 수출금지는 역효과만 불러왔다. 스카이 포레스트는 수출 금지에 아랑곳하지 않고 지속적으로 성장하고 있었다.

도리어 수출 금지 탓에 스카이 포레스트에 원재료를 수출하던 일본 기업들만 큰 손해를 봤다.

"혹시라도 견적서가 중간에 분실된 건 아닐까?"

"간혹 한국으로 보내는 물건들이 분실된다고 들었습니다."

"우편이 아니라 직접 직원을 통해 다시 한번 견적서를 보내 봐."

"알겠습니다."

미시마 다츠오는 스카이 포레스트와의 사업 협력을 기

필코 성사시킬 작정이었다.

이번 기회로 대한민국과 스카이 포레스트와의 우호적인 관계를 형성하고, 이후 LNG 산업까지 협력을 이끌어 낸다면 시공 이익을 포기하는 건 소소한 투자에 불과했다.

고부가가치의 LNG 선박은 일본 조선소들의 엄청난 미래 먹거리가 될 것이 확실했다.

이것은 미시마 다츠오의 개인적인 판단이 아니라, 미쓰비사 연구개발원을 통해 분석한 내용이었다.

스카이 포레스트와의 협력은 미쓰비사가 지금껏 진출하지 못했던 새로운 시장으로 나아갈 수 있는 기회라 여겨졌다.

미시마 다츠오는 그렇게 계속 착각에 빠진 채 꿈에 부풀어 있었다.

* * *

차준후는 대한비료 플랜트 시설을 짓기 위해 필요한 각 분야의 내로라하는 전문가들을 초빙했고, 지금 스카이 포레스트 미국 법인의 회의실에 그들이 한자리에 모이게 되었다.

그들의 맞은편에는 차준후와 기술 고문인 신판정, 앤디

사무엘이 앉아 있었다.

"미리 말씀드렸지만 다시 한번 확인을 하고 넘어가겠습니다. 이번 프로젝트를 진행하면 완성되는 기술은 전부 스카이 포레스트에 귀속됩니다. 대신 그에 합당한 충분한 보상을 여러분께 약속드립니다. 그럼에도 이 점이 불만이신 분들은 떠나셔도 막지 않겠습니다."

차준후가 회의실에 모인 사람들에게 고지했다.

회의에 참석한 사람들은 모두 비밀 유지 조항이 명시된 용역 계약서를 작성해야만 했다.

아직 세상에 없는 기술이 만들어질 자리이기에 보안이 무엇보다 중요했다.

차준후는 잠시 침묵한 채 기다렸으나 누구도 자리를 떠나는 이가 없었다.

처음 제안받았을 때 설명을 듣고 이미 납득한 부분이기도 했고, 무엇보다 세기의 천재라 불리는 차준후가 이번에는 무엇을 만들려고 하는 것인지 너무나도 궁금했기에 무보수라 할지라도 참여할 의향이 있는 이들뿐이었다.

"다들 받아들이신 것으로 알겠습니다. 그러면 본론으로 들어가죠. 이번에 스카이 포레스트에서 대한민국에 세계 최대 규모의 비료 공장을 건설하려고 합니다. 단, 일본의 기술 특허는 사용하지 않을 생각입니다."

차준후의 충격 발언에 한 전문가 눈을 동그랗게 뜬 채

말했다.

"하지만 대량 생산을 위해서는 일본 미쓰비사의 특허 기술이 반드시 필요합니다. 나프타에서 요소를 추출하는 기술은 미쓰비사의 기술이 세계 최고입니다."

원유를 정제하는 과정에서 나오는 나프타는 요소 비료의 핵심 원료다.

그러나 나프타는 상당한 고가로, 미쓰비사의 특허 기술을 사용하지 않는다면 더 많은 나프타를 소비해야 하는 탓에 도리어 많은 비용이 지출될 수밖에 없었다.

그에 세계 각국의 대규모 비료 공장들은 전부 미쓰비사에 비용을 지불하여 특허를 사용하고 있었다.

"물론 나프타를 사용해 비료를 생산한다면 그렇겠죠."

차준후는 대한비료에서 생산할 비료의 원료로 나프타를 사용할 생각이 전혀 없었다.

나프타로 비료를 생사할 생각이었다면 미쓰비사이 특허를 이용해야 했겠지만, 다른 방법을 알고 있는 차준후에겐 선택지에 없는 이야기였다.

"설마?"

"뭔가 다른 방법이 있는 겁니까?"

신판정과 앤디 사무엘을 비롯한 전문가들이 기대 어린 표정으로 차준후를 바라보았다.

"대한비료에서는 천연가스를 사용해 비료를 만들 겁니

다. 나프타의 역할을 천연가스로 대신하는 거죠."

21세기에 이르러 대부분의 비료는 천연가스를 사용해 생산된다.

고가인 나프타로 비료를 생산하던 공장들은 상대적으로 저렴한 천연가스로 비료를 생산하는 공장들에게 경제성에 밀려 점차 문을 닫을 수밖에 없었다.

21세기까지 갈 것도 없이 1973년, 1차 석유 파동이 일어나게 되면 나프타의 가격이 폭등하며 비료 산업에 큰 위기가 닥친다.

그리고 그것은 2차 석유 파동 때 다시 한번 반복된다.

하지만 시작부터 천연가스를 이용해 비료를 생산한다면, 대한비료는 다른 비료 공장들이 겪을 문제를 피해 가는 게 가능했다.

"아!"

"그래, 왜 이런 생각을 하지 못했지?"

"과연…… 지금 당장은 어떨지 몰라도, LNG 운반선이 현실화되어 LNG 공급이 안정된다면 충분히 가능한 이야기입니다."

"원유에 비해 훨씬 저렴하니 가능만 하다면 훨씬 효율적일 겁니다!"

회의실에 모인 각 분야의 전문가들은 전부 긍정적인 의견을 내비쳤다.

"여러분들께서는 나프타를 대신하여 천연가스를 사용해 비료를 생산하기 위해 필요한 설비들을 구상해 주셨으면 합니다. 천연가스, LNG 사용에 도움이 필요한 부분이 있다면 그건 저희 스카이 포레스트에서 전적으로 도와 드릴 겁니다."

차준후가 알고 있는 건 21세기엔 천연가스가 나프타를 대신하여 비료를 생산하는 핵심 원료가 된다는 것뿐이었다.

아무리 다재다능한 차준후라 할지라도 천연가스를 이용한 비료 플랜트 설비에 대해서까지 빠삭하게 알 수는 없었다.

그렇기에 이 자리에 모인 이들의 도움이 반드시 필요했다.

"그런 거라면 맡겨 주십시오. 제가 그런 부분에 전문가입니다."

"나프타를 이용하는 방법과 크게 차이가 없으니, 어려운 일이 아닙니다."

"재미난 일을 맡겨 주셔서 감사합니다. 열심히 하겠습니다."

각 분야의 전문가들은 제각기 새로운 도전에 큰 흥미를 느꼈다.

세상에 없던 것에 도전한다는 게 그들을 너무나도 즐겁

게 만들었다.

"이렇게 지으면 되나?"

"이런 식으로 하는 게 좋지 않겠습니까?"

각자 충분한 지식을 가지고 있었기에 긴 설명은 필요 없었다. 한 사람이 이야기를 하면, 다른 사람이 의견을 보충하며 개선해 나갔다.

그들은 빠르게 의견을 주고받으며 천연가스 비료 공장 설비 구조의 대략적인 구상을 잡아 갔다.

어느 정도 구상이 정리되자 플랜트 시설의 도면이 쭉쭉 그려졌다.

플랜트 시설의 도면을 그려 가면서도 논의는 잠시도 멈추지 않고 이어졌다.

천연가스를 사용해 비료를 생산하는 것은 완전히 새로운 영역이 아니라, 기존에 있던 나프타를 사용해 비료를 생산하는 기술과 설비들을 재정립하여 활용할 수 있는 부분이었기에 진행이 한결 수월했다.

물론 이것은 LNG 관련 특허를 스카이 포레스트에서 보유하고 있기에 가능한 이야기였다.

LNG를 사용할 방법이 없다면 애당초 논의조차 불가능했다.

스카이 포레스트의 회의실에는 각 분야의 전문가들이 그려 낸 도면이 하나둘 늘어났고, 이내 모형까지 만들어졌다.

논의가 거듭될수록 모형은 계속해서 모습을 바꾸어 갔다.

그리고 시간이 흘러 최종 형태가 나왔다.

"흠! 이렇게 만들어지는 겁니까?"

차준후가 모형을 바라보면서 물었다.

"그렇습니다. 이것이 최종 형태입니다."

앤디 사무엘이 대표로 답변했다.

천연가스를 사용해 비료를 생산할 수 있도록 만들어 주는 설비가 당연히 플랜트 시설의 근간이자 기본이지만, 효율적인 생산을 위해서는 그 설비를 어떻게 배치할 것인지 공장의 설계도 무척이나 중요했다.

지금의 모형은 각 분야의 전문가들이 의견을 종합하여 만들어 낸 최적의 설계를 담아내고 있었다.

"특허 서류는요?"

"꼼꼼하게 작성해 놓았습니다."

"우회 특허를 막을 수 있는 부분도 신경을 썼겠지요?"

그동안은 일본의 미쓰비사가 나프타에서 요소를 추출하는 기술 특허로 큰 이득을 봤지만, 이제는 스카이 포레스트의 천연가스 비료 특허가 시장을 주도하며 엄청난 이득을 얻게 될 것이었다.

이제는 도리어 미쓰비사가 스카이 포레스트에게 특허

기술을 사용하기 위해 로열티를 지급해야 할 터였다.

또는 스카이 포레스트가 마음만 먹는다면 저렴한 가격을 무기로 삼아 일본에 진출해서 일본의 비료 시장을 점령하는 것도 불가능한 일은 아니었다.

앞으로 비료 시장이 어떻게 흘러갈지는 이제 차준후의 손에 달린 일이나 다름없었다.

"당부하신 우회 특허 방지에 총력을 기울였습니다. 스카이 포레스트의 특허를 우회해서 천연가스 비료를 만들기란 불가능하다고 말씀드릴 수 있습니다."

앤디 사무엘을 비롯한 각 분야의 전문가들이 다양한 방면에서 빈틈이 없는지 꼼꼼하게 살폈다. 그들은 이를 우회한 특허를 만들어 낸다는 건 불가능하리라 자신했다.

"모두 고생하셨습니다. 약속한 보수금은 오늘 중으로 곧바로 지급될 겁니다."

차준후는 자신이 불러 모은 이들을 믿었다.

잠시 지켜본 바 이들은 명성 그대로의 능력을 지니고 있었다.

원래라면 결과물에 문제가 없는지 더 꼼꼼한 검토가 필요했겠지만, 이 정도 이들이 머리를 맞대서 만들어 낸 결과물이라면 절대 문제가 없으리라 여겼다.

"감사합니다. 대표님 덕분에 재미나게 일했습니다."

"다음에도 이런 일이 있으면 불러 주십시오. 한밤중이

라고 해도 달려오겠습니다."

"오랜만에 뜨겁게 일해 봤네요."

차준후가 약속한 보수금은 그들이 10년을 쓰지 않고 모아도 벌 수 없을 만큼의 액수였다.

그러나 지금 이 순간, 그들은 그 보수에 아무런 감흥도 느끼지 못했다.

때론 돈보다 소중한 것도 있었다.

그들은 돈과 상관없이 천연가스 비료 공장이라는 한 사업을 이끌어 나갈 개발에 동참했다는 사실 자체를 즐겼다.

그리고 그들에겐 세계 최초의 천연가스 비료 공장 건설에 기여했다는 명예가 뒤따르게 될 것이었다.

이것은 지금까지 그들이 쌓아 올린 명예에 비할 바가 되지 못했다.

이들의 이름은 차준후와 함께 오랜 시간 기록될 것이었다.

* * *

스탠&화이트 컨소시엄과 스카이 포레스트의 비료 공장에 대한 계약 조건이 모두 조율됐다.

규모가 큰 건이니만큼 조율해야 할 사항이 많았기에 본

래라면 협의가 끝나기까지 훨씬 많은 시간이 소요되어야 했지만, 스카이 포레스트와 스탠&화이트 컨소시엄 모두 지나치게 욕심을 부리지 않고 양보할 부분은 화끈하게 양보했기에 빠르게 조율을 끝낼 수 있었다.

스탠&화이트 컨소시엄과 스카이 포레스트 둘 다 만족해하는 계약 조건이었다.

계약 조건의 협의가 모두 끝나자 조인식이 진행됐다.

스탠&화이트 본사의 강당.

매우 넓은 강당에 차준후를 비롯한 스카이 포레스트의 실무진과 스탠&화이트 컨소시엄 관계자들이 한자리에 모였다.

그리고 강당 한쪽에 수십 명의 기자가 모여 있었다.

카메라 플래시가 번쩍이는 가운데 차준후가 만년필로 계약서에 서명했다.

옆자리에 자리하고 있던 그랜트 스탠이 그 계약서를 건네받아 환하게 웃으며 사인을 휘갈겼다.

"이런 특별한 일을 저희에게 맡겨 주셔서 감사합니다."

"최단 공기로 잘 부탁합니다."

"빠르고 성실한 시공으로 보답하겠습니다."

차준후와 그랜트 스탠이 마주 보면서 악수를 나눴다.

세계 최대 규모의 비료 공장 건설에 대한 시동이 본격적으로 걸리는 순간이었다.

"두 분! 잠깐만 여기를 봐 주세요!"

"사진을 찍겠습니다."

연일 화제를 불러일으키는 스카이 포레스트와 알 만한 사람들은 다 아는 미국의 굵직한 기업들이 모여 형성한 스탠&화이트 컨소시엄의 조인식은 업계 관계자뿐만 아니라 일반 대중들의 관심까지 불러 모았다.

"천연가스로 비료를 만든다는 게 사실입니까?"

"스카이 포레스트에서 특허를 냈다고 하는데, 이번에도 차준후 대표가 직접 관여를 한 것입니까?"

"한 말씀 부탁드립니다!"

조인식에 참석한 기자들이 벌 떼처럼 달려들었다.

작물 재배에 빠질 수 없는 비료는 인류에 매우 중대한 가치를 지니고 있었다.

그런 비료를 더 효율적으로 생산할 수 있다는 천연가스 비료는 인류의 발전에 영향을 끼칠 만큼 중요한 일이었다.

특히 국토 면적의 절반가량이 농지 면적인 미국은 농작물 생산량이 엄청난 만큼 매년 소비하고 있는 비료의 양도 엄청나다.

비료의 가격이 저렴해진다면 미국 농업이 얻게 될 경제적 이익은 가히 천문학적이라 표현할 만했다.

기자들이 이토록 관심을 보이는 건 당연한 일이었다.

"대표님께서 인터뷰를 하시죠."

그랜트 스탠이 차준후에게 말했다. 이번 사업을 주도하는 건 어디까지나 차준후였고, 기자들을 떠들썩하게 만든 천연가스 비료도 차준후의 아이디어에서 시작된 일이었기에 양보한 것이었다.

"알겠습니다."

차준후가 한 발 앞으로 나섰다.

신문사 기자들과 방송국 기자들이 차준후에게 시선을 집중했다.

"차준후 대표님, 어떻게 천연가스로 비료를 만들 생각을 하신 겁니까?"

"천연가스 비료는 미국뿐만 아니라 전 세계의 농업에 지대한 영향을 미칠 겁니다. LNG 탱크를 개발하실 때부터 이번 천연가스 비료까지 염두에 두고 계셨던 건가요?"

"비서실장인 실비아 디온과는 연인 관계이십니까?"

수십 명의 기자가 질서 없이 무분별하게 질문을 내던졌다.

그중 간혹 이번 사업과 전혀 관계없는 질문들도 튀어나왔다.

이제 차준후의 이름은 한국은 물론이고, 미국에서도 모르는 사람보다 아는 사람이 더 많았다. 대중들은 이제 스카이 포레스트의 사업뿐만 아니라, 차준후라는 개인에 대해서도 관심을 갖기 시작했다.

이번 천연가스 비료만 하더라도 이것 자체만으로도 충분한 화젯거리가 되지만, 이번 사업을 다른 누구도 아닌 차준후가 주도했기에 더욱 화제가 되는 것이라 볼 수 있었다.

그에 이번 사업과 관련도 없는 차준후의 사생활과 관련된 질문들도 쏟아지는 것이었다.

차준후의 유명세가 커질수록 이런 인터뷰 자리는 더욱 정신없어지고 있었다.

"……."

차준후는 기자들의 어떠한 질문에도 대답하지 않은 채 말없이 기자들을 훑었다. 그는 자신을 배려하지 않는 기자들에겐 일절 대답해 줄 생각이 없었다.

그때, 차주후와 인터뷰를 한 경험이 있는 LA타임즈의 한 기자가 조용히 손을 들어 올렸다.

"파란 옷을 입은 여기자님, 질문받겠습니다."

차준후가 조용히 손을 들고 기다리던 기자를 지목했다.

지목을 받은 기자가 먼저 차준후에게 고개를 숙여 감사를 표한 후 질문을 이어 갔다.

"처음 질문할 기회를 주셔서 감사해요. LA타임즈 사회

부의 마가렛 기자예요. 이번에 스카이 포레스트에서 스탠&화이트 컨소시엄과 협력해서 세계 최대 규모의 천연가스 비료 공장을 짓는다고 들었습니다. 기존에 나프타를 이용해 만드는 비료보다 훨씬 저렴한 비용으로 비료를 생산할 수 있게 되는 것인데, 농업과 직결되는 문제이니만큼 인류사에 큰 영향을 미칠 것으로 보입니다. 이 기술을 독점하실 생각이신지, 아니면 다른 기업들과 공유하실 생각이 있으신지 궁금합니다."

"무조건적인 독점을 할 생각은 없습니다. 다만 그렇다고 누구에게나 공유할 생각도 없다고 말씀드릴 수 있겠습니다."

차준후는 천연가스 비료 생산 기술을 독점할 생각은 없었다.

어차피 스카이 포레스트에서 천연가스 비료를 독점적으로 생산해 전 세계에 공급한다는 건 현실적으로 불가능한 문제였다.

스카이 포레스트에서 생산하는 물량만으로 전 세계의 수요를 충족시킬 수 없는 이상, 적절한 선에서 기술을 공유해 원활히 천연가스 비료가 세계에 공급될 수 있게끔 하는 것이 옳다고 여겼다.

답변을 들은 마가렛은 차준후를 존경을 담은 눈빛으로 바라봤다.

세상에는 철저히 자신에게 이득이 되는지만 계산하고 움직이는 이들이 훨씬 많았다. 많은 이들이 자신에게 손해가 없을지라도 타인에게만 이득이 된다면 움직이지 않았다.

그에 반해 차준후는 지나친 탐욕을 부리지 않았다.

자신에게 피해가 생기지 않는 선이라면, 다른 이들에게 베풀 줄 아는 사업가였다.

여러 인간군상을 겪어 온 기자들이기에 이런 차준후의 남다른 면모에 더더욱 호감을 느낄 수밖에 없었다.

"알겠습니다. 다음 질문드리겠습니다. 이번 특허도 차준후 대표님께서 직접 연구, 개발을 하신 건가요?"

"아닙니다. 저는 아이디어만 제공했을 뿐, 미국의 저명한 전문가분들과 스카이 포레스트의 실무진들이 합심해서 만들어 낸 특허입니다."

"그렇군요. 이번 사업은 한국에 비료 공장을 건설하는 것에서 시작됐다고 알고 있습니다. 이후 미국에도 비료 공장을 지으실 계획이 있으신가요?"

매년 엄청난 양의 비료를 소비하는 미국이니만큼 미국에 천연가스 비료 공장을 세워 비료 시장 공략에 나선다면, 스카이 포레스트가 벌어들일 이익은 분명 엄청날 것이었다.

그러나 차준후는 고개를 가로저었다.

"현재로서는 계획이 없습니다."

차준후는 한국 외에 다른 국가에 비료 공장을 또 세우는 것에 대해선 아직 고민해 본 적이 없었다.

"성공할 사업이 확실한데 아깝지 않으신가요?"

"스카이 포레스트는 그동안 지속적으로 사업 다각화를 추진해 왔습니다. 그리고 앞으로도 좋은 사업이 있다면 언제든지 도전할 생각입니다. 다만 기존의 사업들이 소홀해지지 않도록 신사업의 규모를 급진적으로 늘리는 방향은 지양하려 합니다."

21세기엔 수많은 계열사를 둔 재벌 그룹들이 세계 경제를 움직인다.

그리고 그들 중에서는 막대한 자본력을 바탕으로 문어발식 사업 확장을 하여 시장을 독점해 사회적 문제를 일으키는 기업들도 있었다.

차준후는 그런 기업들과 같은 행보를 밟을 생각이 추호도 없었다.

"이제 다른 기자분의 질문을 받겠습니다."

차준후가 다시 다른 기자들 쪽을 바라보며 말하자, 기자들의 손이 일제히 올라갔다.

조용한 침묵이 흐르는 가운데 기자들이 저마다 차준후를 뜨거운 눈길로 바라보았다.

"가장 뒤쪽의 붉은색 상하의를 입은 기자분, 질문받겠

습니다."

"질문할 기회를 주셔서 감사합니다. CBC 방송국의 프란시스 기자입니다. 이건 본격적인 인터뷰 전에 드리는 질문인데, 혹시 방송국 뉴스 스튜디오에 나와 주실 수 있으십니까?"

차준후와의 단독 인터뷰를 욕심내는 프란시스였다.

매번 화제를 불러 모으는 차준후의 단독 인터뷰를 내보낼 수만 있다면 높은 시청률은 따 놓은 당상이나 마찬가지였다.

그걸 알고 있는 미국의 수많은 방송국은 차준후와의 단독 인터뷰를 원하고 있었다.

그러나 그건 차준후에겐 아무런 상관도 없는 이야기였다.

차준후는 일말의 고민도 하지 않고 단칼에 제안을 거절했다.

"제가 업무가 많아 스튜디오를 방문하는 건 어렵습니다."

"스튜디오에 오시기 어려우신다면, 촬영팀이 스카이 포레스트로 방문하겠습니다. 어떻게 안 될까요?"

"지금은 어렵습니다."

프란시스가 다시 한번 간곡히 청했지만, 이번에도 차준후는 칼같이 거절했다.

대부분의 업무를 실무진들에게 일임했다지만, 스카이포레스트에서 진행하는 사업이 많아질수록 차준후가 해야 할 일이 늘어나는 건 당연한 일이었다.

심지어 예상에 없던 면세점 사업까지 투자하게 됐을 뿐만 아니라, 면세점의 광고까지 도맡게 된 탓에 평소보다 더욱 바쁘게 됐다.

만나야 할 사람도 많고, 처리해야 할 서류도 산적해 있었다.

오죽하면 어느 날은 전용기를 타고 미국 동부에 갔다가, 다음 날 다시 미국 서부로 날아간 적도 있었다.

이런 와중에 인터뷰를 하기 위해 시간을 빼긴 어려웠다.

'어쩌다 이렇게 됐을까.'

차준후는 문득 바쁜 스케줄 탓에 단독 인터뷰를 거절하는 자신의 상황을 돌아보니 괜스레 쓴웃음이 흘러나왔다.

언론의 주목을 싫어하는 건 아니다. 언론을 잘 활용하면 마케팅 수단으로 이용할 수도 있었다.

그렇지만 연예인도 아니고 쏟아지는 인터뷰와 기자회견 등이 너무 많았다. 그 모든 걸 받아들이면 개인적인 여유는 일절 누릴 수가 없었다.

이제는 길거리에서 그를 알아보는 미국인들까지 있을

정도였다.
 차준후가 단독 인터뷰를 외면하는 이유였다.

제5장.

입찰 공고

입찰 공고

「스카이 포레스트에서 천연가스로 비료를 만들게 됐습니다. 천연가스로 비료를 만들 경우, 비료의 가격이 종전에 비해 저렴해질 것으로 예상됩니다.」
「스카이 포레스트의 차준후 대표는 천연가스 비료 공정에 대해 특허를 신청하였습니다. 매번 혁신적인 기술과 상품들을 대중들에게 알리고 있는 놀라운 천재입니다.」
「스카이 포레스트에게 가장 빨리 특허 사용을 허가받고 천연가스 비료 공장을 세우는 기업이 비료 시장에서 유리한 입지를 차지하게 될 겁니다.」
「이번 일로 인해 비료 업계에는 지각 변동이 일어날 수밖에 없습니다. 나프타를 사용해 비료를 만들던 기업들은 가격 경쟁력에서 밀려 점차 시장에서 도태될 겁니다.

한시라도 빨리 스카이 포레스트에게 특허 사용을 허가받아야만 합니다.」

「이제 천연가스 비료 공장의 시대가 도래한 겁니다. 다행히 스카이 포레스트의 차준후 대표는 특허를 독점하지 않을 생각이라고 발표했습니다. 스카이 포레스트에게 로열티를 지불해야겠지만, 천연가스 비료를 생산할 수 있게 된다면 그 이상의 이익을 얻을 수 있을 테니 비료 업계 전체가 크게 환영할 만한 일일 겁니다.」

차준후의 인터뷰는 미국의 주요 신문을 비롯해 4대 방송국, 그리고 라디오 방송에서 모두 비중 있게 다뤘다. 한창 미국에서 뜨거운 스카이 포레스트가 다시 한번 엄청난 주목을 받았다.

천연가스 비료 관련 기사와 뉴스는 며칠간 반복해서 이어졌고, 들끓어 오른 열기는 가라앉을 기미가 보이지 않았다.

특히 서민들은 이 소식을 크게 반겼다.

저렴한 비료는 농작물 가격에도 미칠 수밖에 없었다. 기존보다 농작물을 생산하는 비용이 절감된다면, 자연스레 농작물 가격도 내려갈 가능성이 높았다.

식비는 서민들의 생활에 있어서 큰 부분을 차지하고 있는 영역이었기에, 농작물 가격이 내려갈지도 모른다는 소식에 다들 크게 기뻐했다.

- 스카이 포레스트는 화장품만 만드는 기업이 아니네.
- 뭐든 했다 하면 대단한 일을 하는 기업이야.
- 항상 미국을 떠들썩하게 만든다. 이제는 놀랍지도 않아. 그냥 스카이 포레스트가 역시 이름값을 했구나 하면서 받아들이고 있다고.
- 노이즈 마케팅만 하는 기업이 아니구나. 미국을 이롭게 하는 기업이었어.
- 세계 최초의 대단한 업적을 너무 쉽게 하고 있다. 어떻게 이런 기업이 있을 수 있지? 내 상식으로는 도무지 이해가 가지 않아.
- 스카이 포레스트를 이끌고 있는 차준후 대표는 세계적인 천재다. 이런 천재는 미국 시민권을 가지고 있어야 해. 정부는 이런 불세출의 천재를 왜 귀화시키지 않는지 모르겠다.
- 귀화시키려고 노력하고 있는데, 차준후가 최빈국인 고국을 위해 일한다고 했다더라.
- 조국을 사랑하는 애국자이네. 그러니 더욱 미국으로 데리고 와야겠다.
- 천재를 가만히 내버려둬. 지금만 해도 미국을 이롭게 만들어 주고 있으니까. 괜히 건드려서 천재가 미국에

서 떠나가게 하면 안 된다고.

- 맞아. 황금알을 낳는 닭의 배를 가르는 형국이 될 수 있어.

스카이 포레스트는 새로운 혁신을 추구하는 기업이 되었고, 차준후는 세기적 천재라는 이미지를 미국인들의 뇌리에 깊숙하게 각인시켰다.

미국인들 사이에서 차준후의 귀화를 두고서 갑론을박하는 상황이 벌어지기도 했다.

정작 당사자인 차준후는 별생각이 없었는데 말이다.

업계의 반응은 곧바로 나타났다.

스카이 포레스트의 전화기들이 요란하게 울리기 시작했고, 비료 공장의 관계자들이 연락도 없이 건물로 찾아오기도 하였다.

미 증권 시장에서는 비료 관련주들이 일제히 올라가기 시작했다.

증권사와 애널리스트들은 나프타를 천연가스로 대체하는 것만으로도 비료 생산 비용이 엄청나게 절감되기에, 이것만으로도 비료 업계 전반의 수익성과 건전성이 향상될 것이라 보고 있었다.

스카이 포레스트에서 미국에 천연가스 비료 공장을 세울 계획이 없다고 발표한 것도 엄청난 호재로 작용했다.

스카이 포레스트에서 미국 비료 시장에 직접 진출하지 않는 것만으로도 다른 비료 기업들은 안정성을 가지게 된 것이나 다를 바 없었다.

천연가스 비료가 당장 상용화되는 건 아니다.

그러나 주식은 미래 가치를 반영하는 법!

그 미래 가치가 결코 작지 않았다.

"비료 관련주가 뭐가 있지?"

"이런 기회를 놓치는 건 바보나 마찬가지야. 난 대출을 최대 한도까지 받아서 주식에 투자할 거야."

"스카이 포레스트 관련주들도 재미가 쏠쏠해. 난 이전부터 스카이 포레스트의 협력사들 주식을 매수하고 있다고."

천연가스 비료에 대한 소식이 보도되며 증권가의 거래량이 폭등했다.

사람들은 비료 관련주를 매수하면서 동시에 스카이 포레스트의 주식도 구매하기를 원했다.

그러나 스카이 포레스트는 비상장사였고, 사람들은 아쉬운 대로 스카이 포레스트와 협력하고 있는 기업들의 주식을 매수했다.

그런 상황에 미국의 증권사들은 미국 증시에 상장하길 권유하기 위해 스카이 포레스트에 접근했다.

증권사에서는 보수적으로 보더라도, 스카이 포레스트

의 기업 가치는 수억 달러에 달할 것으로 내다보고 있었다.

 그런 스카이 포레스트의 상장을 주관하게 된다면 막대한 수수료를 벌어들일 수 있기에 증권사에서 스카이 포레스트의 상장에 열을 올리는 건 어찌 보면 당연했다.

 하지만 차준후의 거부로 증권사들은 스카이 포레스트의 상장을 논의할 기회조차 얻지 못했다.

 훗날에는 생각이 바뀌게 될지는 몰라도, 지금 당장은 추호도 상장할 생각이 없는 차준후였다.

* * *

 스카이 포레스트의 매출은 모든 사업 영역에서 가속도가 붙은 것처럼 급상승했다. 란제리, 운동기구 등의 분야에서 업계의 선두 주자로 도약하였다.

 다만 정작 주력 사업인 화장품은 날개 돋친 듯 팔리고 있었지만, 아직 1위로 올라섰다고 표현하기엔 어려움이 있었다.

 란제리와 운동기구 등은 기존의 경쟁사가 마땅치 않기에 단숨에 업계 선두로 달려 나갈 수 있었지만, 화장품 분야는 그렇지 못했다.

 화장품 시장은 오래전부터 시장에 자리하고 있던 기업

들이 많았고, 그런 전통의 강자들을 제친다는 건 간단한 일이 아니었다.

그러나 스카이 포레스트 화장품의 시장 점유율을 점진적으로 늘어나고 있었고, 매출 성장률도 상당히 좋은 추이를 보이고 있었다.

시간이 얼마나 걸리느냐 차이만 있을 뿐, 언젠가는 스카이 포레스트가 화장품 시장도 석권하리라는 것이 정설로 받아들여졌다.

"대표님."

출근하자마자 실비아 디온이 차준후를 반겼다.

"좋은 아침입니다."

"여기 아이스 아메리카노요."

"매번 고마워요."

차준후가 실비아 디온이 건네는 커피를 받았다.

"오늘 스케줄은 어떻게 되죠?"

"오후에 로스앤젤레스 도시계획국장과의 약속이 있어요."

"특별한 요구 조건이 있나요?"

차준후는 스카이 포레스트 미국 법인의 제품 생산 공장을 새롭게 짓기 위해 도시계획국장과의 약속을 잡았다.

그동안은 한시라도 빨리 생산에 들어가기 위해 이미 완공되어 있는 기존의 공장을 매입하거나 임대하여 사용해 왔지만, 이는 장점도 있었지만 단점도 명확한 방법이었다.

우선 생산 공장들이 여기저기 분산되다 보니 효율성이 떨어진다는 단점이 가장 큰 문제였다.

그래서 차준후는 이번엔 로스앤젤레스 외곽에 대규모로 공장을 건설하기로 마음먹었고, 로스앤젤레스 도시계획국장과 그와 관련된 논의를 하고자 한 것이었다.

공장을 세우는 일은 부지만 있다고 해서 되는 일이 아니었다.

도로와 기반 시설 등 주변 인프라에 따라 효율성이 크게 달라지기에 로스앤젤레스의 도시 계획을 참고할 필요가 있었던 것이다.

"도시계획국장은 최대한 크게 공장을 지었으면 한다고 의견을 줬습니다. 시골에서 몰려드는 사람들이 너무 많은 탓에 일자리가 부족하다더군요."

로스앤젤레스는 기업에 세제 혜택을 부여해 주고, 시장 맞춤형 정책을 시행하는 등 기업 친화적이고 경제 활성화에 힘쓰는 도시였다.

그에 수많은 기업이 로스앤젤레스에 자리를 잡았는데, 스카이 포레스트 미국 법인도 그중 하나였다.

그리고 스카이 포레스트 미국 법인은 1년도 채 걸리지 않아 미국 100대 기업으로 선정되는 기염을 토하며 로스앤젤레스를 주목받게 만들었다.

이후 더욱 많은 기업이 로스앤젤레스로 몰려들었고, 덕분에 수많은 이윤이 창출될 수 있었다.
 스카이 포레스트는 성장률만 따지자면 현재 미국의 모든 기업을 통틀어 최고라고 할 수 있었다.
 전 세계가 주목하는 LNG 산업을 주도하고 있는 스카이 포레스트의 발전 가능성은 무척 높았다. 전문가들은 스카이 포레스트의 주력 사업인 화장품보다 LNG 쪽의 가능성을 더욱 높이 평가하고 있었다.

 – 스카이 포레스트의 성장을 봐라. 로스앤젤레스는 기회의 땅이자, 꿈의 도시다.
 – 스카이 포레스트처럼 눈부신 성장을 하려면 로스앤젤레스로 곧바로 달려가라. 그곳은 사업을 펼치기에 가장 좋은 도시 가운데 하나이다.
 – 스카이 포레스트는 지속적으로 신규 직원들을 채용하고 있다. 스카이 포레스트에 취직을 하려면 우선 로스앤젤레스행 버스에 몸을 실어라.
 – 스카이 포레스트 덕분에 취직을 할 수 있게 됐다.

 스카이 포레스트로 인해 로스앤젤레스는 미국에서 첫 번째로 손꼽히는 기회의 땅이자 꿈의 도시라는 영광스러운 타이틀을 가지게 됐다.

자연스럽게 로스앤젤레스로 자본과 인재들이 몰려들었다.

그러나 몰려드는 사람이 많아도 너무 많았다.

수많은 기업이 우후죽순 생겨난 덕분에 일자리가 엄청나게 늘어났음에도 일자리가 부족할 지경이었다.

"일자리를 찾기 힘들어서 다시 시골로 내려가는 사람들이 늘어나고 있다네요. 하지만 문제는 그게 아니라, 일자리를 구하지 못하고도 미련이 남아 로스앤젤레스에 머무르며 범죄를 저지르는 이들이 많아졌다는 거예요."

로스앤젤레스에서 생활하기 위해서는 시골 도시와는 비교할 수 없는 돈이 들어간다.

상경한 사람들은 일자리를 구하지 못하게 되었을 때 대부분 시골로 다시 돌아갔지만, 몇몇 이들은 공원과 길거리에서 노숙을 하며 지내다가 결국엔 슬럼가로 들어가 범죄를 저지르고 있었다.

로스앤젤레스의 빛나는 성장 뒷면에는 이렇게 어두운 면도 존재했다.

로스앤젤레스에 사람들이 몰려들수록 범죄율은 상승했고, 치안은 점차 악화되어 갔다.

그렇게 현재, 실업자와 노숙자 문제는 로스앤젤레스의 가장 큰 사회적 문제로 대두됐다.

로스앤젤레스 도시계획국장이 최대한 크게 스카이 포

레스트의 공장이 세워지길 바라는 이유는 바로 그 때문이었다.

"음…… 확실히 요즘 도로에 경찰차들이 많이 보이더라고요. 산타모니카 해변을 산책하면서 경찰들도 많이 봤고요."

"로스앤젤레스의 시장이 다음 캘리포니아 주지사 선거에 나가려고 한다고 들었어요. 그런데 로스앤젤레스의 범죄율이 올라가며 평가가 안 좋아지고 있으니 발등에 불똥이 떨어졌겠죠."

스카이 포레스트 미국 법인은 현재 미국에서 가장 많은 이들이 취업을 바라는 기업 중 한 곳이었다.

작년에 세워진 회사임에도 불구하고 이미 미국 경제에 엄청난 영향력을 끼치고 있으며, 대중들에게 널리 이름을 알리며 큰 인기를 끌고 있어서 브랜드 가치도 높았다.

그런 기업에 취업하고 싶은 이들이 많은 건 당연했다.

그런 스카이 포레스트가 로스앤젤레스에 대규모 공장을 세운다?

물론 그것만으로 로스앤젤레스의 실업자 문제를 완벽히 해결할 수는 없을 것이었다.

그러나 LA시장의 발등에 붙은 불 정도는 충분히 끌 수 있을 정도의 영향력은 충분히 지니고 있었다.

＊　＊　＊

"음! 로스앤젤레스 외곽에 이런 대규모 농업 지대가 있다니 놀랍네요."

차준후가 주변을 둘러보며 감탄을 토했다.

로스앤젤레스 카운티 북부에 위치한 샌퍼넌도에는 드넓으면서도 비옥한 농지가 자리하고 있었다.

샌퍼넌도의 광활한 대지 위에 심어진 옥수수와 밀 등이 바람에 물결치듯 흔들렸다.

미국에서 손꼽히는 대도시인 로스앤젤레스 근교에 아직도 이 정도 규모의 농작지가 온전히 있다니 놀라운 일이었다.

"하지만 안타깝게도 지금 보고 계신 농업 지대는 곧 사라질 예정입니다. 곧 이곳도 도시 개발이 진행될 예정이라서 말입니다."

함께 둘러보고 있던 로스앤젤레스 도시계획국장 올던 휘트먼이 차준후에게 이야기했다.

현재 도시계획국은 로스앤젤레스 외곽 쪽으로 점차 지역 개발을 진행 중에 있었다. 로스앤젤레스에 인구가 지나치게 밀집되며 발생하는 여러 문제를 해소하기 위함이었다.

그러나 문제를 해소하기 위해 급박하게 교외를 개발하

기 시작한 탓에, 다소 비효율적인 난개발이 진행되는 또 다른 문제가 발생하기도 했다.

일명 스프롤 현상.

스프롤 현상은 여러 나라에서 볼 수 있는 현상이지만, 특히 미국은 부동산 투기꾼들 때문에 더욱 스프롤 현상이 두드러졌다고 할 수 있었다.

투기꾼들이 택지를 저렴한 가격에 구매한 후 저층 건물이나 단독주택만을 지어 매각해 버린 탓에 비효율적인 수평 확장이 이어진 것이었다.

"도로는 어느 쪽으로 납니까?"

차준후는 직접 새롭게 지을 공장 부지를 살펴보기 위해 샌퍼넌도까지 왔다. 평소라면 직원들에게 맡기고 추후 서류로만 검토했을 텐데 상당히 이례적인 일이었다.

그만큼 이번 일이 중요하다는 의미이기도 했다.

"이쪽으로 날 예정입니다."

올던 휘트먼이 지도 위를 손으로 쭉 그었다.

"그렇군요."

차준후가 지도를 가만히 들여다봤다.

"이쪽으로 공장을 지으시면 어떨까 싶습니다. 고속도로와 가깝고, 이후 다른 기업들도 여럿 들어설 지역입니다."

올던 휘트먼이 한 부지를 추천했다.

하지만 차준후는 그가 추천한 곳을 지도로 살피며 미간을 좁혔다.

회귀 전, 차준후는 미국에서 유학할 당시 로스앤젤레스를 몇 차례 관광한 적이 있었다. 그리고 당시 로스앤젤레스 내에서도 유명한 도시들을 많이 돌아보았다.

그 기억에 의하면 지금 올던 휘트먼이 추천한 곳은 21세기까지도 크게 발전한 지역은 아니었다.

"다른 곳을 보고 싶습니다."

"여기가 마음에 들지 않으십니까?"

"조금 더 마음에 드는 곳이 있을 거라고 생각됩니다."

"도시계획국에서 굉장히 신경 쓰고 있는 곳입니다. 이곳보다 괜찮은 곳은 찾기 어려울 겁니다."

올던 휘트먼이 다소 안색을 굳혔다.

도시계획국의 국장인 그가 직접 이 자리에 나온 것은 차준후를 각별히 신경 쓰라는 슈티엔스 시장의 지시가 있었기 때문이었다.

만약 시장의 지시가 아니었다면 아무리 스카이 포레스트가 잘나간다고 해도 일개 기업의 부지를 알아보기 위해 국장이 직접 나서는 일은 없었을 것이었다.

그런데 기껏 신경 써서 도시계획국에서 개발을 계획하고 있는 곳을 추천해 줬건만, 다른 곳을 보겠다고 하니 난감할 수밖에 없었다.

올던 휘트먼의 난감해하는 표정을 바라보며 차준후가 입을 열었다.

"당장은 추천해 주신 곳도 괜찮을지 모릅니다. 하지만 미래에는, 가령 10년 뒤에는 어떨 것 같습니까?"

"네?"

"로스앤젤레스는 앞으로도 계속해서 빠르게 변화할 겁니다. 샌퍼넌도뿐만 아니라 다른 교외 지역들도 계속 개발되겠죠. 그때도 과연 지금 추천해 주신 곳이 괜찮은 입지로 남아 있을 거라 생각하시냐는 질문이었습니다."

대규모 공장을 건설할 수 있는 부지를 매입할 수 있을 만한 곳은 로스앤젤레스 중심부엔 없었다.

그래서 어쩔 수 없이 로스앤젤레스의 교외까지 나오게 됐지만, 이왕 사는 거 그중에서 좋은 땅을 선정해야만 했다.

원 역사에서는 스프롤 현상이 일어났던 로스앤젤레스의 교외지만, 차준후는 딱히 걱정하지 않았다.

스카이 포레스트 미국 법인의 공장이 들어서는 순간, 이미 그곳의 역사는 다르게 흘러가고 있는 것이었다.

스카이 포레스트의 공장이 세워진다면 그곳에서 일하게 될 수많은 직원을 위한 주거 공간을 비롯한 생활 시설들이 필요했다.

또한 스카이 포레스트의 주요 협력사들도 자연스레 그

주변으로 모여들 가능성이 농후했다.

스카이 포레스트의 공장이 들어서는 것만으로도 그 지역의 환경과 규모는 달라지게 되는 것이었다.

"아!"

올던 휘트먼이 탄성을 터트렸다.

눈앞의 천재는 현재가 아닌 미래를 바라보았다.

장기적인 안목으로 스카이 포레스트의 미래를 그려 나가는 것이었다.

"제가 생각이 짧았습니다. 그러면 혹시 생각해 두신 곳이 있으십니까?"

"여기입니다."

차준후가 손가락으로 지도의 한 곳을 짚었다.

지금 당장은 도로 개발도 마땅히 예정되어 있지 않은 한적한 시골이었다.

"으음…… 이곳 인근은 당장 개발 계획이 없습니다만……."

"우선 직접 가서 한번 살펴보죠."

올던 휘트먼과 차준후는 함께 차를 타고 이동했다.

차준후가 지목한 곳은 제대로 길도 나 있지 않았고, 보이는 것이라곤 옥수수밭뿐이었다.

"이곳은 제가 추천한 곳보다 훨씬 저렴하게 땅을 매입하실 수 있긴 할 겁니다."

하지만 땅이란 싸다고 해서 좋은 게 아니었다.

비싼 것에는 비싼 이유가 있는 법이고, 땅은 그 논리에 무엇보다 가까웠다.

 실제로 슈티엔스 시장이 로스앤젤레스 교외를 개발하려고 하는 이유가 무엇이던가.

 너무 비싼 도심지의 집값을 감당하지 못한 이들이 로스앤젤레스 교외에나마 자리를 잡을 수 있도록 상대적으로 저렴한 집을 공급해 주기 위함이 아니던가.

 돈이 없어서 싼 곳에 사는 것이지, 싼 곳이 좋아서는 사는 사람은 일반적으로 없었다.

 세기의 천재라 불리는 차준후이니 무언가 생각이 있으리라 싶긴 하지만, 올던 휘트먼으로서는 우려스러웠다.

 미래까지 내다봐야 한다는 차준후의 말은 일리가 있지만, 실제로 10년 뒤까지 예측할 수 있는 사람은 많지 않았다.

 "여기로 하겠습니다."

 한편 차준후는 도착한 곳을 둘러보며 고개를 주억였다.

 '여기인지 정확하진 않지만……'

 어렴풋한 기억에 따르면, 이 근방으로 공항까지 쭉 이어지는 고속도로가 뚫렸다.

 역사 그대로 흘러간다면 스카이 포레스트의 공장에서 생산하는 제품들을 손쉽게 공항까지 운반할 수 있을 터였다.

아무래도 정확한 위치까지는 알 수 없었지만 괜찮았다.

이 일대 부지를 스카이 포레스트가 잔뜩 사들일 테니까.

* * *

「스카이 포레스트가 대규모 공장을 건설한다. 이 공장은 로스앤젤레스 외곽에 위치하고 있으며, 상당한 투자가 예정되어 있다. 로스앤젤레스 시당국과 투자금에 대해 논의를 벌이고 있으며, 슈티엔스 시장은 스카이 포레스트에 세제 혜택과 행정 지원 등을 약속했다.」

「스카이 포레스트의 공장 신설은 미국 시장에서 선도적인 입지를 공고히 하고자 함으로 분석된다. 이 공장은 부족한 공급을 강화하는 동시에 앞으로 미국에서 중요한 역할을 할 것으로 여겨진다. 또한 스카이 포레스트의 공장은 로스앤젤레스 지역에 새로운 일자리를 창출하고, 경제를 활성화하는 데 이바지할 것으로 예상된다.」

「공장 규모를 고려하면 건설에 필요한 인력이 상당한 수준이다. 약 1만 명에 이르는 건설 인력이 투입되어야만 순조롭게 건설이 이뤄질 수 있다.」

스카이 포레스트 미국 법인의 새로운 공장 건설 소식이 언론에 보도됐다.

그동안 하도 빨리 품절되는 탓에 스카이 포레스트의 제품들을 구매하지 못했던 소비자들은 그 소식을 크게 반겼다.

대규모 생산 공장이 완성된다면 지금보다는 한결 수월하게 스카이 포레스트의 제품들을 구매할 수 있게 될 것이었다.

스카이 포레스트는 언론 보도 직후, 곧바로 공장 건설에 대한 입찰 공고를 냈다.

빠른 시공을 목표로 하는 탓에 입찰 기간은 매우 짧았다.

전 세계를 놓고 보더라도 이 정도의 규모의 공장은 찾기 힘들었다.

어느 건설사라도 욕심낼 수밖에 없는 건수였고, 미국의 건설사들은 짧은 입찰 기간 탓에 허둥지둥 입찰 준비에 들어가야만 했다.

* * *

"공장 건설에 대한 입찰이 아주 뜨겁습니다. 문의 전화가 무수하게 쏟아지고 있습니다. 만나자고 하는 사람들도 많고요."

 토니 크로스는 요즘 쏟아지는 전화로 업무를 보기 힘들 지경이었다.

 이제 막 입찰 공고가 나갔을 뿐인데, 건설사들의 경쟁이 과열되고 있었다.

 "공고한 대로 입찰서를 보내라고 하세요."

 차준후가 느긋하게 이야기했다.

 "그렇게 이야기했습니다만 막무가내입니다. 한 번만이라도 만나서 이야기를 나눠 달라고 애원들입니다. 어떻게든 이번 공사를 따내려고 의지들이 엄청납니다."

 "입찰 기간 내에 특정 기업과 따로 이야기를 나누지 마세요. 모든 건 입찰서를 보고 난 뒤에 진행해야 합니다."

 "알겠습니다. 그런데 이번에 깜짝 놀랐습니다."

 "뭐가 말입니까?"

 "도시계획국에서 추천한 곳이 아닌 다른 땅을 매입하기로 하셔서 말입니다."

 "아아, 그쪽이 더 낫다고 판단했습니다."

 차준후는 자신이 선택한 부지가 노른자위가 될 거란 걸 알았다.

 하지만 이것을 다른 사람에게 납득시킬 방법이 없었다. 지금 당장만 봤을 땐 그곳은 황무지나 다름없었으니까.

그러나 토니 크로스는 애초에 별다른 의문도 품지 않고 있었다.

차준후가 어떤 판단을 내렸든 자신이 전부 이해할 수 있을 리도 없고, 무엇보다 잘못된 판단을 내렸을 리가 없다고 생각했기 때문이었다.

"대표님이 어련히 알아서 선택했겠지요. 들어 보니 도시계획국장이 크게 감탄했다고 하더라고요."

"그래요?"

"대표님이랑 공장 부지를 보고 온 후에 만났는데, 매번 딱딱한 표정만 짓고 다니던 사람이 얼마나 표정을 바꿔 가며 대표님이 이야기를 하던지."

토니 크로스가 웃음을 참지 못했다.

차준후를 처음 겪는 사람들은 전부 도시계획국장 같은 반응을 보였다.

미래 지식을 이용해 남다른 행보를 보이는 차준후의 모습은 이 시대를 살아가는 사람들에겐 놀랍게 느껴질 수밖에 없었다.

"아무튼 입찰서가 들어오면 입찰가도 중요하지만, 목표 완공일을 1순위 기준으로 두셔야 합니다."

"건설사들 사이에 이미 대표님에 대한 소문이 퍼진 것으로 알고 있습니다. 아마 다들 시공 기간을 최대한 단축하는 방향으로 가닥을 잡고 있을 겁니다."

스카이 포레스트와 스탠&화이트 컨소시엄 사이에 진행된 협의 내용이 업계에 소문처럼 알음알음 퍼지고 있었다.

스카이 포레스트의 차준후는 설령 건설비가 많이 들게 되더라도 완공을 앞당길 수만 있다면 돈을 아끼지 않는다는 소문이었다.

공사 기간을 최대한 단축시키기 위해 몇몇 건설사들은 입찰 전부터 컨소시엄을 구성하기 위해 움직이기도 했다.

"무조건 돈보다 시간이 중요합니다."

차준후는 빨리빨리 문화에 익숙했다.

느긋하기보다는 성격이 급했는데, 한국인이라면 누구나 이해할 수 있는 부분이었다.

제6장.
로안 글로리 호텔

로안 글로리 호텔

 미국에 빨리빨리 문화를 심으려 하는 차준후였다.
 엄청난 규모의 공사였기에 다소 힘든 조건이라도 감수할 건설사들은 많았다.
 "실무진들에게도 공유해 놓도록 하겠습니다. 그리고 물량 부족을 가장 가까이에서 체감하는 것도 실무진들이다 보니 다들 공감할 겁니다."
 스카이 포레스트의 제품들은 생산해서 매장에 입고하는 족족 불티나게 팔려 나가는 탓에 매일같이 주문 전화가 쇄도하고 있었다.
 그러나 현재 가동하고 있는 공장의 생산량으로는 그 이상의 물량을 생산하는 건 불가능했다.
 그에 지금까지는 캄벨 무역회사가 용산 후암동의 제1공

장과 동대문 제기동의 제2공장에서 생산하는 물량들을 수입해 미국에 유통하는 것으로 부족한 물량을 메우고 있었지만 이 또한 한계에 이르고 있었다.

조금이라도 더 많은 물량을 생산하기 위해 직원들이 너무나도 고생을 하고 있었고, 이 문제를 어떻게든 해소해 줘야 하는 것이 대표인 차준후의 역할이었다.

이번에 건설할 대규모 공장이 완공된다면 그동안 곳곳에 흩어져 있는 직원들을 한데 모으면, 근무 환경도 좋아지고 생산성도 크게 향상될 것이었다.

그렇지만 새로운 공장이 완공되기까지는 적어도 18개월은 소요될 터였다.

그때까지 직원들이 더 고생할 것을 생각하면, 그리고 스카이 포레스트의 제품을 사러 왔다가 아무것도 사지 못하고 발걸음을 돌릴 소비자들을 떠올리면 마음이 씁쓸했다.

"폐업한 기업들은 찾아보셨나요?"

"얼마 전에 엘레네 화장품이라는 회사가 폐업했습니다."

"그곳의 공장을 인수하면 숨통이 조금이라도 트이겠네요."

"예. 안 그래도 그쪽에서 먼저 공장 인수를 문의해 왔습니다."

엘레나 화장품은 꾸준한 매출을 내는 탄탄한 회사였으나, 스카이 포레스트가 미국 법인을 설립하며 매출이 급락하고 말았다.

 스카이 포레스트 미국 법인의 등장은 엘레나 화장품에게 재앙이나 마찬가지였다.

 심지어 경제 활황기였기에 은행 대출까지 받으며 무리하게 사업 규모를 확장한 상황이었기에 문제는 더 크게 닥쳐왔다.

 스카이 포레스트에 공장을 매각하고 그 돈으로 은행 빚을 갚고 나면 남는 돈도 없을 지경이었다.

 "최대한 좋은 조건으로 인수해 주세요."

 차준후는 도의적인 책임을 느꼈다. 스카이 포레스트가 미국에 진출하지 않았다면 엘레나 화장품이 지금 문을 닫는 일은 없었을지도 몰랐다.

 "알겠습니다."

 "그리고 어차피 신규 직원들도 채용해야 하니, 엘레나 화장품의 직원들도 원한다면 고용 승계를 하는 것으로 진행해 주세요."

 "그렇게 조치하겠습니다. 경력직을 채용하면 좋은 일이죠."

 그렇게 스카이 포레스트는 엘레나 화장품의 생산 공장을 인수하면서 졸지에 실업자가 될 뻔했던 엘레나 화장품의 직원들까지 고용 승계를 진행하게 되었다.

엘레나 화장품의 직원들에겐 뜻밖의 행운이었다.

동종업계 최고의 대우와 복지 혜택 또한 아주 화려하고 풍족한 스카이 포레스트이기에 이 소식을 반기지 않는 직원들은 없었다.

　　　　　＊　＊　＊

"이게 사실인가?"

"예……. 미 언론에서 대서특필됐고, 방송 보도도 됐다고 합니다."

"혀, 현실성이 있는 이야기인가?"

창백한 안색의 미시마 다츠오 목소리가 흔들렸다.

탁자 위에는 영문으로 된 뉴욕타임즈 신문이 놓여 있었는데, 신문 1면에 차준후의 얼굴과 천연가스 비료 공장에 대한 기사들이 보였다.

"관련 분야 전문가에게 자문을 구하니 충분히 가능한 이야기라는 답변을 받았습니다. 기존의 생산 방식에서 크게 차이가 있는 것이 아닌, 나프타를 대신해 천연가스를 사용할 뿐인 정도의 차이라고 합니다.

조심스럽게 이야기하는 미쓰비사 직원이었다.

미쓰비사는 미국에서 갑작스레 보도된 천연가스 비료

공장 소식 탓에 발칵 뒤집혔다.

미쓰비사 그룹의 매출 중 상당 부분을 석유화학 분야에서 차지하고 있었다. 그리고 그중에서도 나프타로 만드는 요소 비료 특허가 큰 비중을 차지했다.

미국에서 보도된 대로 정말 천연가스 비료가 생산되기 시작하여 시장에 유통되기 시작한다면, 미쓰비사는 받게 될 매출 피해는 가히 엄청날 것이었다.

"이래서 우리 제안에 아무런 답변을 하지 않았던 거구나."

미시마 다츠오가 망연자실한 표정을 지었다.

얼마 전까지만 해도 당연히 스카이 포레스트에서 미쓰비사에게 공사를 맡길 것이라 생각했다.

그 어떤 건설사보다 조건도 좋을 뿐만 아니라, 미쓰비사의 특허를 사용하기 위해서라도 그럴 수밖에 없으리라 여겼다.

그러나 그것은 착각이고, 망상에 불과했다는 사실을 이제야 깨달았다.

한국에서 천연가스 비료가 상용화해 낸다면, 그동안은 일본에서 한국으로 비료를 수출해 왔지만 이제는 반대로 한국에서 일본으로 비료를 수출하는 날이 올 것이었다.

저렴한 가격을 앞세운 천연가스 비료를 상대로 미쓰비사의 비료는 시장에서 밀려날 수밖에 없었다.

스카이 포레스트에게 미쓰비사의 도움 따위는 필요 없었고, 도움을 청해야 하는 건 오히려 미쓰비사였다.
"천연가스 비료가 상용화가 된다면, 더 이상 저희의 특허를 사용하려는 기업은 없게 될 겁니다."
"무서운 사내였군……. LNG 특허를 냈을 때 여기까지 그림을 그렸던 게 틀림없어."
 미시마 다츠오는 차준후가 뜬금없이 비료 공장을 세우겠다고 한 것이 이미 천연가스 비료를 상정하고 행동한 거라 보고 있었다.
 이것이 갈치를 많이 잡기 위해 조선소를 세우려고 하다가 이어진 결과물이라는 것을 그로서는 알 방법이 없었다.
"사장님, 한 가지 더 문제가 있습니다."
"뭔가?"
"아직 화장품 원재료 수출 금지가 풀리지 않았다는 점입니다."
 시세삼도 때문에 이어진 수출 금지는 아직까지 이어지고 있었다.
"지금쯤이면 통상산업성도 천연가스 비료 소식을 접하고 발칵 뒤집혔겠지. 쯧. 스카이 포레스트라면 통상산업성에 이를 갈고 있을 텐데……."
 미시마 다츠오는 스카이 포레스트가 요신향료와는 우

호적인 관계를 이어 나가고 있었기에, 미쓰비사도 동등한 입장에서라면 충분히 거래를 할 수 있을 거라고 여겼었다.

하지만 미쓰비사의 특허가 아무런 쓸모도 없어지게 된 이상, 이젠 스카이 포레스트가 갑이었다. 결코 동등한 입장이 아니었다.

스카이 포레스트에 큰 이익을 가져다줄 수 있는 거래가 아니라면 차준후로서는 미쓰비사와 거래를 할 만한 이유가 없었다.

시세삼도와 화장품 원재료 수출 금지로 일본과 악연이 깊은 스카이 포레스트가 어떤 태도를 취할지는 뻔했다.

"통상산업성에 이야기해서 수출 금지를 풀어 주는 것을 조건으로 내건다면 어떻겠습니까?"

"멍청한 소리. 어느 쪽이 이득인지 명백한 거래를 차준후가 할 것 같나?"

일본의 수출 금지는 스카이 포레스트에 별다른 영향도 주지 못하고 있었다.

일본이 제아무리 화장품 원재료 수출을 금지해도, 스카이 포레스트는 멀쩡히 화장품을 생산해서 미국에도 공급하고 있었다.

반면 천연가스 비료 특허는 앞으로 전 세계의 비료 시장을 선도할 수 있는 기술이었다.

고작 수출 금지를 풀어 주는 조건으로 천연가스 비료 특허를 제공해 줄 리가 없었다.

"그래도 다행히 특허를 독점할 생각은 없다고 하니, 막대한 로열티를 감수하더라도 협력을 요청해야 하지 않겠습니까?"

"그렇기는 하지. 내가 직접 서신을 쓰겠네."

미시마 다츠오는가 만 년필을 들었다.

기술 협력을 받지 못하면 일본 비료 시장은 위기에 접어들게 된다.

오랜 시간 미쓰비사의 은행 잔고를 두둑하게 만들어 줬던 비료 특허는 이제 무용지물이 되어 버렸다.

앞으로 세계는 나프타 비료가 아닌 천연가스 비료로 대체될 예정이었다.

* * *

밤 10시 무렵, 천하일보의 이하은이 로안 글로리 호텔에 캐리어를 끌고 나타났다.

"미국에서도 손꼽히는 호텔이라고 하더니 엄청나게 화려하네."

김포공항에서 도쿄를 거쳐 LA공항으로 날아오기까지 참으로 많은 시간이 걸렸다. 오랜 비행으로 그녀는 매우 지친 상태였다. 빨리 여장을 풀고서 객실에서 편안하게 쉬고 싶었다.

차준후의 인터뷰를 따내기 위해 이 먼 나라까지 날아온 그녀였다.

미국까지 파견을 나간다는 건 이 당시 한국 기자들에게 대단한 일이었다. 그렇기에 선배 기자들이 서로 자신이 인터뷰를 하겠다고 난리였다.

그러나 차준후와의 깊은 인연을 알고 있는 천하일보의 경영진이 이하은을 콕 지목했다. 이하은이 아니라면 차준후와의 인터뷰 자체가 힘들다는 걸 잘 알았다.

선배 기자들은 눈물을 흘리면서 양보할 수밖에 없었다.

곧바로 인터뷰를 했으면 좋겠지만, 오늘은 시간이 늦었기에 어차피 할 수 있는 게 없었다. 일과 이후에는 개인적인 시간을 보내는 차준후였다. 미국에서도 그런 차준후의 규칙과 기준은 변하지 않았다.

지금 대한민국은 차준후로 인해 뜨겁게 달아올라 있었다. 주한미군 방송인 AFKN을 통해 차준후의 인터뷰 장면이 대한민국 국민들에게도 알려진 것이었다.

차준후가 기부채납으로 짓는다던 비료 공장이 세계 최대 규모일 뿐만 아니라, 세계 최초의 기술을 적용한 공장이라는 사실에 전 국민이 들떴다.

로안 글로리 호텔 〈153〉

세계 최대!

세계 최초!

가슴이 설렐 수밖에 없는 단어들이었다.

대한민국의 천재이자 자랑인 차준후가 또다시 엄청난 업적을 세운 것이다.

대한민국은 자랑스러운 자국의 천재에게 열렬한 환호를 보냈다.

- 차준후가 이번에도 대단한 일을 해냈다.
- 대한비료 공장은 충남남도에 지어져야 한다.
- 말도 안 되는 소리. 삼천포가 제격이다.
- 울산에 짓기로 이미 결정되어 있다. 욕심내지 마라.

물밑에서 비료 공장의 입지를 두고 치열한 다툼이 벌어졌다.

스카이 포레스트에서 진행하는 세계 최대의 비료 공장을 유치하면 단숨에 엄청난 지역 발전을 이루는 게 가능했다.

군사정부의 권력자들끼리 자신의 고향에 대한비료 공장을 세우기 위해 의견을 펼쳤다.

그러나 박정하 의장의 단호한 결단 앞에 그들의 의견은 전부 묵살됐고, 대한비료 공장은 원안대로 울산공업단지에 세워지는 것으로 결론 났다.

- 차준후 대표는 시원하게 일을 하는구나. 한번 결정하면 번개처럼 빠르게 움직인다. 사업 하나 하겠다고 몇 년씩 걸리는 사업가들과는 전혀 달라. 봐라! 직접 짓기 어려우니까 미국으로 가서 곧바로 건설사를 섭외했잖아.
- 성삼은 비료 공장을 짓겠다고 떠들어 댄 게 벌써 3년이 넘었다. 입만 살아 있는 거여. 그와 달리 스카이 포레스트는 세계 최초 기술까지 개발해서 공장을 팍팍 지어 버리잖아. 이런 기업이 진짜 제대로 살아 있는 거지.
- 어디 성삼을 스카이 포레스트에 비교하는 거냐? 성삼과 스카이 포레스트는 하늘과 땅 차이다.
- 스스로 탈세를 한 사업가와 부모가 부정축재를 해서 덤터기를 쓴 차준후는 차원이 다르지. 그리고 그 부모들 때문에 차준후가 사죄하는 마음을 담아 국민들에게 비료 공장을 기부하는 거잖아.
- 그냥 비료 공장이 아니라 세계 최대의 공장이다.
- 대한민국 만세! 차준후 만세다!

대한비료 공장이 완공되려면 제법 많은 시간을 필요로 했지만, 전국의 농민들은 앞으로 외국에서 비료를 수입할 필요 없이 더욱 저렴한 비료를 국내에서 구입할 수 있게 된다는 사실에 환호성을 내질렀다.

 그리고 울산에 공업단지가 조성되고, 그곳에 대한비료 공장이 들어선다는 소문이 퍼지기 시작하며 울산 주민들의 얼굴에 웃음이 만연했다.

 스카이 포레스트의 직원이 차량을 타고 울산 일대를 돌아다니는 모습을 목격한 이들이 있었기에 소문은 기정사실화되어 있었다.

 일자리 하나가 소중한 시대였기에 울산 주민들은 한없이 즐거워했다.

 다른 지역에 비해 다소 낙후되어 있던 울산 지역이기에 앞으로 크게 지역이 발전할 수 있으리라는 기대감에 부풀어 올랐다.

 심지어 그 공업단지에 스카이 포레스트가 짓는 세계 최초의 기술이 도입된 세계 최대 규모의 비료 공장까지 들어선다니 울산이 엄청나게 발전하게 될 것이라는 건 단순한 희망이 아닌 확정된 사실이나 마찬가지였다.

 그리고 이것은 단순히 울산에게만 해당되는 희소식이 아니었다.

 울산공업단지가 정부의 계획대로 완성된다면, 이것은 대한민국 전체의 커다란 경사였다.

 울산공업단지에 대한 관심이 폭발하면서 자연스럽게 울산을 방문하는 사람들이 늘어났다.

비싼 차량을 몰고 나타난 외지인들이 울산 땅을 매입하려고 혈안이었고, 심지어 공무원들과 군인들까지 나타났다.

군사정부에서도 땅 투기는 일어났다.

차준후의 행보에 한국인들이 촉각을 곤두세웠다.

그에 천하일보와 월간천하에서는 큰맘 먹고 군사정부에 미국으로 기자를 보내는 것을 허락해 달라고 요청했다.

그동안 차준후와 스카이 포레스트의 성공을 이용하여 대중들의 군사정부를 향한 불만을 잠재워 왔던 정부이기에 흔쾌히 이를 허락했다.

덕분에 차준후와 인연이 깊은 이하은이 미국까지 날아올 수 있게 됐다.

"안녕하세요."

"어서 오세요. 무엇을 도와 드릴까요?"

"숙박 예약을 했어요."

"확인하겠습니다. 예약자분의 성함이 어떻게 되시나요?"

"천하라는 이름으로 예약이 되어 있을 거예요."

호텔 직원인 베티는 이하은을 위아래로 훑으며 내심 불쾌한 감정을 드러냈다.

'동양인이네.'

로안 글로리는 부유한 사람들만 이용하는 미국 내에서도 손꼽히는 최고급 호텔이었다.

영어 발음도 어색한 촌스러운 동양인이 손님이 이곳에 묵는다니, 로안 글로리에서 일하는 것에 자부심이 있는 베티는 마음에 들지 않았다.

현재 로안 글로리의 최고급 객실을 차준후가 이용하고 있었는데, 사실 그녀는 그것도 매우 불쾌하고 여기고 있었다.

차준후는 돈이라도 많았으니 어떻게든 참았지만, 지금 눈앞의 동양인은 아니었다.

"죄송한데 천하라는 이름의 예약은 확인되지 않네요."

예약자 명단에 있는 것을 확인했지만 베티는 모른 척 이야기했다.

"예? 다시 한번 확인해 주세요."

"음. 없어요. 잘못 예약하신 게 아닐까요?"

"후…… 그러면 방을 잡을게요."

회사의 일 처리가 칠칠치 못하다고 여긴 이하은이었다.

어쩌겠는가. 다시 방을 잡는 수밖에.

"일반 객실들은 모두 나가고, 남아 있는 방이 고급 객실들뿐인데 괜찮으신가요?"

"네?"

이하은은 다시 한번 당황했다.

회사에서 출장비를 지급받았지만 여유로운 편은 아니었고, 개인 여비도 준비했지만 이 또한 넉넉하지 않은 건 마찬가지였다.

"고급 객실은 비용이 어떻게 되나요?"

"여기 적혀 있어요."

베티가 웃으면서 요금표를 가리켰다.

"헉!"

이하은이 엄청난 액수에 깜짝 놀랐다.

출장비와 개인 여비를 모두 합해도 1박조차 할 수 없을 만큼 비쌌다.

"저기요. 죄송한데 다시 한번 예약을 확인해 주실 수 있나요?"

방법이 없었다.

이하은은 부디 호텔 직원이 예약자 명단을 잘못 확인한 것이길 바랐다.

"없다니까요. 숙박하지 않으실 거면 이만 돌아가 주시겠어요?"

베티는 더 이상 가식적인 웃음조차 짓지 않은 채 멸시를 담은 시선으로 이하은을 바라봤다.

그 순간 이하은은 뭔가 이상한 낌새를 느꼈다. 기자의 감이 날카롭게 곤두섰다.

그녀는 재빨리 프런트에 놓인 예약자 명단을 잽싸게 가로채 살폈다. 그리고 명단에 적힌 천하라는 단어를 찾아낼 수 있었다.

"아니, 여기 예약자 명단에 천하가 있잖아요. 왜 없다고 하신 거예요?"

잠시 당황했던 베티가 표정을 추스르며 이야기했다.

"손님이 영어를 모르셔서 그러나 본데, 그건 천하라고 읽는 게 아니에요."

동양인이 영어를 제대로 읽을 줄 알 리가 없다고 생각한 베티는 무작정 우겼다.

하지만 이하은이 그런 변명에 납득할 리가 없었다.

이로써 상황은 아주 분명해졌다.

"지금 인종차별을 하는 건가요?"

"무슨 말씀을 하시는 건지 모르겠네요."

"예약자 명단에 분명 있는데 방을 내주지 않으려고 하는 걸 그러면 어떻게 받아들여야 할까요? 제가 동양인이라고 이러시는 거 아닌가요?"

이하은이 날카롭게 쏘아붙였다.

그렇지 않아도 미국으로 출장을 간다고 하니 선배들이 인종차별을 주의하라고 당부했었다.

실제로 1960년대에는 인종차별이 매우 극심했다. 유색인종이 숙박할 수 없는, 백인들만이 이용할 수 있는 최고급 호텔이 존재했을 정도였다.

물론 로안 글로리 호텔은 그런 호텔이 아니었다. 그러나 직원들의 사상까지 어찌할 수 있는 건 아니었다.

"말도 안 되는 소리를 계속하시면 경비를 부를 수밖에 없어요."

백인우월주의에 심취한 베티가 웃으면서 이하은을 조롱했다.

프런트에 함께 있는 다른 호텔 직원들도 상황을 바라보기만 할 뿐, 베티를 딱히 만류하지 않았다. 그들은 베티만큼 백인우월주의는 아니었으나, 그렇다고 유색인종을 좋아하는 것도 아니었다.

한통속으로 봐도 무방했다.

"지금이라도 예약한 방을 내주세요. 그렇지 않으면 저도 아는 사람을 부를 수밖에 없어요."

분노한 이히온이 강히게 나섰다.

방금 전까지 화려한 호텔 모습에 감탄했었는데, 직원들의 응대를 겪어 보니 속이 뒤집어졌다. 이런 식의 인종차별을 대놓고 받게 되니 치가 떨렸다.

"경비!"

베티의 부름에 지켜보고 있던 건장한 체구의 경비원이 움직였다.

그 모습에 이하은이 더 이상 항의하지 않고 한 발 뒤로 물러났다.

"후회할 거예요."

이하은이 캐리어를 끌고서 로비 한쪽에 있는 공중전화 박스로 움직였다.

지독한 치욕감에 수화기를 든 그녀의 손이 덜덜 떨렸다.

이하은은 떨리는 손으로 차준후가 묵고 있는 객실로 전화를 연결했다. 미국으로 오기 전에 차준후가 머무르고 있는 객실을 파악해 둬서 다행이었다.

- 전화 받았습니다. 차준후입니다.

"늦은 시간에 죄송해요, 대표님. 이하은 기자예요."

- 미국에 도착하셨습니까?

"네, 지금 로안 글로리 호텔 로비에 있어요."

- 인터뷰는 내일로 알고 있는데요. 지금은 너무 늦지 않았습니까?

"다름이 아니라 제가 대표님께서 묵고 계신 로안 글로리에 방을 잡았어요. 그런데 제대로 예약이 된 게 분명한데, 예약한 사실이 없다며 호텔 직원이 방을 내주지 않고 있어서 도움을 청하려고 연락을 드렸어요."

- 말도 안 되는 일이 벌어졌군요. 금방 내려갈 테니 잠시만 기다리고 계세요.

"감사해요."

수화기를 내려놓은 이하은이 캐리어를 끌고 다시 프런트 앞으로 움직였다.

그 모습을 발견한 베티가 불쾌한 눈초리를 보냈다. 쫓아낸 줄 알았던 동양인이 아직도 호텔에서 서성거리니 기분이 좋지 않았다.

그녀가 경비에게 호텔 밖으로 쫓아내라고 해야 할지 고민하던 그때였다.

"대표님."

이하은이 로비를 가로지르면서 프런트로 성큼성큼 걸어오는 차준후를 발견했다.

"고생하셨네요."

"집 떠나면 고생인 거죠."

"함께 가서 확인해 봅시다."

"네."

이하은이 차준후와 함께 기세등등하게 프런트로 향했다.

"안녕하세요."

베티가 차준후에게 웃으며 인사했다.

호텔에서 특별히 신경 쓰고 있는 중요한 VIP였다. 동양인이라 마음에 들지 않았지만, 그 감정을 겉으로 드러내서는 안 됐다.

"이분의 예약이 안 되어 있다고요?"

"네."

"제가 예약자 명단을 직접 확인해 봐도 되겠습니까?"

베티는 당혹스러웠다.

그녀는 이하은을 별 볼 일 없는 동양인이라고 생각했다. 그래서 무시하고, 방까지 내어 주지 않은 것이었다.

그런데 하필이면 호텔의 가장 중요한 손님과 아는 사이였다.

후회할 거라고 큰소리치더니, 그냥 분에 못 이겨 소리친 것이 아니었다.

옆에서 베티의 행동을 방조했던 다른 두 명의 직원도 놀란 표정을 감추지 못했다.

"죄, 죄송합니다만 예약자 명단은 손님의 정보가 담겨 있어 외부인에게 보여 드릴 수 없습니다."

아까는 이하은이 멋대로 뺏어 갔던 것뿐이지, 실제로도 손님 명단은 대외비였다.

"음. 그렇군요."

차준후는 별다른 반응을 보이지 않은 채 고개를 끄덕였다.

그도 소비자를 상대하는 사업가로서 충분히 이해가 가는 방침이었기에 이에 대해 왈가왈부하고 싶진 않았다.

"어쩔 수 없죠. 그러면 저도 퇴실하겠습니다."

"네?"

예상치 못한 말에 베티가 믿기지 않는다는 눈길로 차준후를 바라보았다.
 큰일이 벌어지고 말았다.
 차준후는 단순히 최고급 객실을 이용하는 손님이 아니었다.
 호텔과 긴밀하게 연결되어 있는 중요한 사업가였다.
 스카이 포레스트 직영점이 로안 글로리 호텔과 연계되어 있어서 많은 손님이 몰려오고 있었고, 또한 차준후를 만나기 위해서 미국 전역의 유명 톱스타들이 객실을 예약했다.
 로안 글로리 호텔의 수많은 객실이 차준후 덕분에 잔뜩 나가고 있었다. 로안 글로리 호텔 입장에서 차준후는 무척 고마운 손님이었다.
 "저를 만나러 온 손님을 푸대접하는 호텔에 계속 머무르고 싶진 않네요."
 차준후는 로안 글로리 호텔에 정나미가 뚝 떨어졌다.
 그간 로스앤젤레스에 올 때마다 편하게 이용해 왔지만, 알고 보니 인종차별을 공공연하게 저지르는 호텔이었다.
 차준후는 개개인의 심성과 능력을 보는 것이 아니라, 국적과 피부색으로 사람을 판단하는 건 지극히 잘못된 일이라고 여겼다.

이 시대에 인종차별이 만연하고 있다는 건 잘 알고 있지만, 그렇다고 해서 눈앞에서 벌어진 인종차별을 눈감은 채 모른 척할 생각은 없었다.

"대표님, 진정하세요. 잠시 착오가 있었던 모양이에요."

베티가 분노한 차준후를 진정시키려고 노력했다.

그때였다. 노회한 로안 글로리 호텔의 총지배인이 나타났다.

"잠시만 기다려 주십시오."

뒤늦게 프런트에서 벌어진 사태를 보고받은 그는 큰일이 났다는 걸 직감했다.

"우선 사죄의 말씀부터 드리겠습니다. 저희 호텔이 손님들에게 큰 결례를 저질렀습니다."

총지배인이 정중하게 사과 인사를 했다.

"지금이라도 방만 주신다면 괜찮아요."

이하은은 생각보다 사태가 커지는 듯하자 살짝 당황했다.

하지만 한편으로는 속이 시원했다.

베티를 포함한 프런트 직원들의 표정이 잔뜩 일그러져 있었다. 저 표정들을 보고 있자니 방금 전까지 부글부글 끓어올랐던 분노가 가라앉았다.

십 년 묵은 체증이 내려간다는 게 이런 느낌일까 싶었다.

"제가 방을 직접 준비해 드리겠습니다."

총지배인이 재빨리 사태를 수습하려고 했다.

하지만 차준후는 여기에서 사건을 마무리하고 싶은 마음이 없었다.

"여기서 머무시게요?"

"하지만……."

"제가 더 이상 이곳에 머물고 싶지 않아서요. 기자님의 방도 제가 알아봐 드릴 테니 함께 가시죠."

"그래도 되나요?"

"편안하게 머무를 수 있는 곳으로 안내해 드리겠습니다."

차준후는 이미 로안 글로리에서 방을 빼기로 확고하게 마음먹은 상태였다.

"갑시다."

차준후가 성큼성큼 걸음을 옮겼다.

경호원들이 차준후의 경호를 위해 움직였고, 그 뒤를 따라서 이하은이 캐리어를 끌고서 움직였다.

그런 모습을 총지배인과 호텔 직원들, 그리고 로비에 있던 사람들이 바라만 보고 있었다.

"자네들!"

"네."

"도저히 용납할 수가 없는 상황이 벌어졌네."

"죄송합니다."

"죄송하다고 끝날 일이 아니잖나. 자네들 모두 유니폼을 벗고서 호텔에서 나가게나."

"잘못했습니다!"

"총지배인님, 한 번만 봐주세요!"

베티를 포함한 직원들이 총지배인에게 용서를 구했다.

"호텔에서 잘리는 걸로 끝나지 않을 걸세. 손해배상을 청구하는 소송이 들어갈 거야. 이번 일로 호텔이 입은 손해가 엄청나니까."

총지배인은 이번 사태를 야기한 직원들을 차가운 눈길로 바라보았다.

제7장.

차별

차별

 아마도 세 사람에게 곧바로 손해배상청구 소송장이 날아갈 것이다. 그리고 평생 벌어도 갚을 수 없는 엄청난 액수가 송장에 기재될 것이 확실했다.
 "제발 그것만은 안 됩니다."
 "얼마 전에 일평생 모은 돈으로 겨우 집을 마련했습니다. 한 번만 봐주십시오!"
 "살려 주십시오. 저는 그저 가만히 지켜만 봤을 뿐이라고요."
 베티를 포함한 세 직원의 표정이 썩어 문드러질 것처럼 일그러졌다. 그들은 인종차별을 한 대가로 인생이 나락으로 몰리게 됐다.
 "인종차별은 베티가 했잖아요! 베티에게 책임을 물으

세요!"

"말도 안 되는 소리 하지 마! 너도 지켜보면서 웃었잖아!"

"네 잘못이야! 네가 모두 책임져!"

세 직원이 서로 책임을 떠넘기려고 난리였다.

사람이 나락에 떨어지면 얼마나 추악해지는지 보여 주는 적나라한 현장이었다. 방금 전까지 사이가 돈독하던 직원들이 외나무다리에서 만난 원수처럼 싸워 댔다.

"젠장! 모두 조용히 해! 입 닥치라고! 자네들 때문에 내 목도 날아갈 판이야!"

좀처럼 감정을 드러내지 않고 침착하게 고객을 응대하는 것을 장점 삼아 총지배인의 자리까지 오른 그가 이번 만큼은 화를 참지 못하고 분노를 토했다.

이 사태를 어떻게 윗선에 보고해야 한단 말인가.

프런트 직원들의 실수는 결국 총지배인의 잘못으로도 이어진다.

차준후가 로안 글로리 호텔을 이용하지 않게 되는 것은 그냥 한 사람의 고객을 잃는 문제가 아니었다. 이는 총지배인이라 할지라도 덮을 수 없는 문제였다.

"저기요! 저도 체크아웃하겠어요."

"차준후 대표 때문에 온 건데, 여기서 더 머무를 이유가 없네."

"우연히 만난 척해서 노래 한 곡 받아 보려고 했던 게

다 무산됐잖아!"

"최고급 호텔이라더니 아주 엉망이네."

로안 글로리 호텔에는 차준후와 우연을 가장한 만남을 노리는 연예인들이 많았다.

그레이스 켈리와 사만다 윌치의 신데렐라 이야기는 이미 연예계에 파다하게 퍼져 있었다. 자신들에게도 그런 기적과도 같은 일이 벌어지기를 바라는 연예인들은 셀 수 없을 정도였다.

그들은 에이전시를 통해 스카이 포레스트의 수차례 연락을 해 보았지만, 차준후는 그 모든 연락을 거절한 탓에 그들에겐 차준후와 만날 기회조차 주어지지 않았다.

최근 스카이 포레스트에는 연예인들의 연락이 더 잦아졌는데, 그 이유는 바로 스카이 포레스트 에이전시의 설립 때문이었다.

스카이 포레스트기 에이전시를 세웠다는 소식에 신인이나 무명 연예인들뿐 아니라, 유명 연예인들의 연락까지 끊임없이 이어졌다.

그도 그럴 것이 차준후와 인연이 닿은 연예인들은 하나같이 하늘 높이 비상하였다. 그레이스 켈리는 대표곡을 얻게 되었고, 무명인 사만다 윌치와 지미 헨드릭은 한순간에 톱스타의 반열에 올라섰다.

- 차준후와 일하면 유명해지는 건 한순간이다.
- 그는 무명 여배우를 신데렐라로 만들어 줄 수 있는 능력자다.
- 이번에 면세점 광고를 찍는다고 하더라. 그리고 그 광고를 기반으로 해서 라운 감독이 영화를 만든다는 소문이 있어.
- 내가 듣기로는 드라마라고 하던데?
- 드라마든 영화든 출연할 수만 있다면 단숨에 유명해질 거야. 그리고 그러기 위해서는 라운 감독보다 차준후의 선택을 받아야 해. 라운 감독은 차준후가 하자는 대로 하기 때문이지.

업계에는 면세점 광고와 영화에 대한 확인되지 않은 소문들이 퍼졌다. 그리고 소문은 시간이 흘러도 잦아들지 않고 더욱 확산되었다.
이러니 무명과 유명을 떠나서 연예인들이 스카이 포레스트 에이전시에 합류하기를 원할 수밖에 없었다.
차준후의 지원을 받아 뜨거운 인기의 맛을 보고 싶은 것이다.
할리우드의 유명 배우들과 계약하면 스카이 포레스트 에이전시가 많은 이득을 볼 수도 있지만 어떤 제안도 받아들이지 않았다.

업계 관계자들은 도무지 스카이 포레스트의 태도를 이해하지 못했다.

스카이 포레스트 에이전시는 어디까지나 지미 헨드릭이라는 단 한 사람만을 위해 설립된 회사였다.

그 사실을 알지 못하는 연예인들이 의아하게 생각하는 건 당연했다.

그들은 아무리 연락을 취해도 차준후를 만날 수 없자 값비싼 호텔에 묵으면서까지 차준후와의 만남을 노렸던 것인데, 차준후가 없다면 더 이상 이곳의 묵을 이유가 없었다.

차준후를 만나려고 로안 글로리 호텔에 묵었던 유명 배우와 가수들이 썰물처럼 빠져나가기 시작했다.

이 모든 것이 차준후와 인연이 있는 이하은을 푸대접한 결과였다.

잘나가던 로안 글로리 호텔에 먹구름이 드리워졌다.

한편 차준후와 이하은은 또 다른 5성급 호텔인 페라몬트 플라자를 찾았다.

페라몬트 플라자는 로안 글로리와 함께 로스앤젤레스에서 가장 유명한 최고급 호텔이었다.

호텔 로비 앞에 차준후와 이하은이 탑승한 차량이 멈춰서자, 앞차와 뒤차에서 경호원들이 먼저 내려서 주변을 경계했다.

'또 대단한 손님이 온 모양이네.'

그 모습에 호텔 도어맨이 차준후가 타고 있는 차량의 문을 열어 주려다가 멈칫했다.

보통 이런 광경을 보면 당황할 법도 하건만 페라몬트 플라자 호텔의 도어맨은 별다른 반응을 보이지 않았다.

그에게 있어 이런 광경은 딱히 놀랄 만한 일이 아니었다.

페라몬트 플라자는 각국의 귀빈들도 미국에 방문했을 때 묵고 가는 호텔이었다. 이런 광경은 심심찮게 볼 수 있었기에 새삼 놀랄 것도 없었다.

"주차 도움이 필요하십니까?"

"저희가 알아서 주차하겠습니다."

"네."

경호원이 접근을 막아서자 도어맨은 뒤로 물러섰다.

뒤이어 차준후와 이하은이 내렸고, 두 사람은 경호원들의 호위를 받으며 로비 안으로 들어섰다.

페라몬트 플라자는 로안 글로리와는 전혀 다른 분위기의 호텔이었다.

"저도 여기는 처음 와 보는데, 굉장히 모던한 인테리어네요."

차준후가 주변을 둘러보며 만족스러운 표정을 지었다.

"와, 이런 호텔은 처음 봐요. 전 아까 거기보다 여기가 더 마음에 드네요."

"기자님 마음에도 드셨다니 다행이네요."

페라몬트 플라자는 역사가 깊은 호텔이 아니었다.

역사가 깊은 로안 글로리는 고풍스럽고 우아한 매력을 지니고 있었는데, 페라몬트 플라자는 그런 매력은 없었다.

하지만 지어진 지 오래된 호텔이 아니기에 그만큼 더 현대적이고 세련된 인테리어로 꾸며져 있었다. 과연 5성급 호텔이라는 이름에 부족하지 않은 매력을 지닌 호텔이었다.

"어서 오십시오. 페라몬트 플라자 호텔에 오신 걸 환영합니다."

"최고급 객실이 있나요?"

차준후는 호텔에 머물 때 항상 최고급 객실만을 빌렸다. 정확히는 비서실장인 실비아 디온이 차준후가 항상 최고의 공간에서 머무를 수 있도록 조치해 왔던 것이었다.

오늘은 갑작스레 호텔을 옮기게 되며 차준후가 직접 방을 빌리게 된 것이었는데, 매번 최고급 객실만을 이용하다 보니 자연스레 묻게 된 것이었다.

"페라몬트 플라자의 객실 중 가장 좋은 객실은 클럽 로열 스위트룸인데, 이쪽 객실로 안내해 드릴까요?"

클럽 로열 스위트룸은 페라몬트 플라자에서 단 하나뿐인 VVIP룸으로, 고가의 숙박료 탓에 일반인들은 빌릴 엄두를 낼 수 없는 객실이었다.

초고가 명품 가구들로만 호화롭게 꾸며진 그 객실은 세계적인 톱스타나 각국의 귀빈들만이 찾을 때만 한 번씩 사용됐고, 얼마 전에는 타국의 한 대통령이 머무르기도 했다.

최고급 객실이 있냐고 묻기에 대답하긴 했으나, 눈앞의 손님이 차준후라는 것을 모르는 직원은 눈앞의 손님이 정말 그 객실을 빌릴 거라고는 생각지 않았다.

"일주일 이용하겠습니다. 그리고 남는 객실 중에서 가장 좋은 곳으로 두 곳 더 부탁드립니다."

차준후가 자신의 숙소와 함께 이하은과 경호원들이 머물 숙소들까지 스위트룸으로 빌리겠다고 대답하자 직원은 당황할 수밖에 없었다.

함께 머무는 것 아니었어?

그 넓은 클럽 로열 스위트룸을 혼자서 사용하겠다는 거야?

직원은 대체 이 놀라운 사내가 누구인지 알아야만 했다. 그리고 숙박 장부에 기록해야 하기에 신분 확인은 필수였다.

"예? 저…… 손님, 혹시 성함이 어떻게 되시나요?"

"차준후입니다."

눈앞의 손님이 그 유명한 차준후라는 것을 알게 된 직원은 화들짝 놀랐다.

"자, 잠시만요. 고객님. 총지배인님을 부를게요."

직원이 황급히 전화기를 들었다.

페라몬트 플라자는 혹시라도 차준후가 방문했을 때의 경우를 이미 준비해 뒀다. 그리고 그 매뉴얼에 따라 직원이 총지배인에게 연락을 취했다.

"차준후 대표님, 저희 호텔을 방문해 주셔서 감사합니다. 지금부터 제가 안내해 드리겠습니다."

"총지배인님이 직접 안내를 하시나요?"

"귀한 분이시니까요. 저희 호텔에서는 차준후 대표님의 방문을 간절히 기다리고 있었습니다."

호텔 총지배인이 부리나케 나와서 차준후를 직접 객실까지 안내하는 일이 벌어졌다.

"차준후 대표님 덕분에 상상만 하던 좋은 객실에서 자 보게 되네요."

"편안한 밤 보내세요."

이하은이 또 다른 직원을 따라 스위트룸으로 향했다.

꿈에 그리던 스위트룸을 향해 걸어가는 그녀의 발걸음이 무척 가벼웠다.

경쟁 호텔의 VVIP였던 차준후의 등장에 페라몬트 플

라자가 바쁘게 돌아갔다.

페라몬트 플라자 호텔 관계자들은 로안 글로리 호텔이 그동안 차준후 덕분에 얼마나 큰 이득을 보았는지 누구보다 잘 알고 있었다.

자신들 호텔에 방문해 주기만 한다면 로안 글로리보다 더 극진한 대우를 해 주리라 마음먹었건만, 야속하게도 차준후는 로안 글로리에만 머물렀다.

하지만 그렇다고 할 수 있는 일은 없었다. 그저 사촌이 땅을 사면 배가 아픈 것처럼 멍하니 지켜만 볼 수밖에 없었다.

그런데 예약도 없이 늦은 밤에 갑작스럽게 차준후가 페라몬트 플라자를 방문했다. VVIP의 갑작스러운 방문이었지만 페라몬트 플라자 호텔은 최선을 다해서 응대했다.

"수고하셨습니다."

"감사합니다."

"팁을 드려도 되나요?"

호텔의 높은 사람에게 팁을 줘도 되는지 의문이었다.

팁 문화는 차준후에게 낯설었다.

"주시면 감사히 받겠습니다."

총지배인이 기꺼워했다. 지위를 떠나서 호텔맨들에게 있어서 팁은 언제나 옳다. 총지배인이라고 해도 결국 월

급쟁이였다.

"친절하게 안내해 주셔서 감사합니다."

차준후가 안내한 총지배인에게 팁을 건넸다.

팁을 받고 엘리베이터를 타고 돌아가는 총지배인의 입가에 환한 웃음이 떠올랐다.

"드디어 우리 호텔에 귀인이 찾아오셨어. 계속 우리 호텔을 이용하시게끔 최선을 다해 응대해야겠지. 그런데 대체 로안 글로리 호텔에서 무슨 일이 있었던 걸까?"

단순한 변심으로 이곳을 찾은 것일 수도 있었지만, 그렇다고 생각하기엔 항상 로안 글로리 호텔에만 머무르던 차준후였다.

이렇게 늦은 밤에 갑자기 찾아온 것을 보면 분명 무슨 일이었던 게 분명했다.

그러나 그런 것은 총지배인에겐 아무래도 상관없었다. 생각지도 않은 호박이 넝쿨째 굴러 들어왔다는 사실만이 중요했다.

이제는 그동안 로안 글로리 호텔이 누리던 이득을 페라몬트 플라자 호텔에서 누릴 수 있는 기회가 찾아온 것이었다.

그리고 그 이득은 생각보다 빠르게 찾아왔다.

"남는 방 있죠?"

"이곳에 차준후 대표가 머무르고 있다고 들었어요. 가

능하면 차준후 대표의 옆방으로 부탁드려요. 옆방이 없으면 가장 가까운 곳 방 어디든 좋아요."

"차준후 대표와 같은 엘리베이터를 이용할 수 있는 객실로 부탁드려요."

순식간에 차준후가 페라몬트 플라자 호텔을 찾았다는 소식이 퍼졌고, 차준후가 나가자마자 함께 로안 글로리 호텔에서 체크아웃을 한 손님들이 우르르 페라몬트 플라자 호텔로 몰려든 것이었다.

늦은 밤이었으나 톱스타들을 비롯한 유명 인사들이 계속해서 들어서는 바람에 순식간에 페라몬트 플라자 호텔의 로비는 붐비기 시작했다.

비어 있던 페라몬트 플라자 호텔의 고급 객실들이 빠르게 들어차기 시작했다. 그리고 참으로 놀랍게도 고급 객실이 모두 꽉 차 버렸다.

이른바 차준후 효과였다.

그런데 이것으로 끝이 아니었다.

- 안녕하십니까. 주미 영국 대사관입니다. 내일 스위트룸을 예약하고 싶어서 전화했습니다.

"죄송해요. 스위트룸이 모두 나갔습니다."

- 이번 주에 스위트룸 비는 날이 있을까요?

"이번 주 모두 예약이 꽉 차 있습니다."

프런트 직원이 조심스러운 음성으로 예약 불가를 통보

했다.

 고가의 스위트룸은 보통 항상 자리가 남기 마련이었다. 그런데 차준후가 투숙하고 난 뒤로 고급 객실이 완전히 동이 나고 말았다.

 - 그렇다면 예약이 가능한 날짜 중 가장 빠른 날짜는 언제입니까?

 영국 대사는 천연가스 비료 공장과 관련하여 차준후와 이야기를 나누고자 했다.

 공식적으로 회담을 요청할 수도 있었지만, 가능한 빨리 차준후에게 접촉하기 위해 이런 방법까지 동원하려 한 것이었다.

 특히 영국에 있어 천연가스 비료는 여러모로 이득이 많은 사업이었다. 북해 유전에서 천연가스가 발견되지 않았던가.

 그동안 불태워서 버리던 천연가스를 이용하여 비료를 만들면 영국은 많은 이득을 보는 게 가능했다. 쓸모없다고 버려졌던 북해 유전이 새롭게 각광을 받게 될 수도 있었다.

 북해 유전의 투자처와 투자가들을 찾기 힘들던 영국에게 무척 행복한 일이었다.

 2차 세계대전 이후 궁핍해진 영국을 비롯한 유럽 국가들에겐 국가 재정에 큰 도움이 될 천연가스 비료가 무엇보다 간절했다.

그에 영국뿐만 아니라 다른 유럽 국가들의 대사들도 제각기 차준후와 만날 수 있는 방법을 강구하고 있었다.

조금이라도 빨리 천연가스 비료를 자국에서도 생산해 내기 위해 각국의 정부는 혈안이 되어 있었다.

"스위트룸은 현재 한 달 정도 예약이 꽉 차 있는 상황입니다. 일반 객실은 예약이 가능하신데, 예약 도와 드릴까요?"

클럽 로열 스위트룸과 같은 엘리베이터를 이용하는 스위트룸은 일찌감치 동나 버렸다. 톱스타들이 빠르게 스위트룸을 잡았고, 차준후의 호텔 이사 소식을 느리게 접한 연예인들은 예약을 걸어 뒀다.

관광 성수기도 아닌데 페라몬트 플라자 호텔에서는 때아닌 고급 객실 예약 경쟁이 벌어졌다.

- 하아. 대사님께서 일반 객실에서 머무르시려고 하지 않으실 텐데…….

체면에 죽고 사는 영국 대사였다. 그에게 일반 객실에 투숙하라고 한다면 무슨 소리를 듣게 될지 몰랐다.

"시간이 지나면 일반 객실도 예약이 어려우실 수도 있어요. 지금도 계속 예약 문의가 밀려들고 있어서요."

페라몬트 플라자 호텔의 규모는 결코 작지 않았다. 그런데 그 많은 객실이 빠른 속도로 채워져 나가고 있었다.

페라몬트 플라자 호텔에서 제법 오랫동안 일한 직원이었으나 이런 경우는 처음이었다. 이 모든 게 VVIP 한 명의 투숙으로 인해 벌어진 일이라는 게 믿기지 않았다.

 - 후……. 알겠습니다. 예약하겠습니다.

 "감사합니다, 고객님."

 프런트 직원은 예약을 끝마치고는 전화기를 내려놓았다.

 따르르릉! 따르르릉!

 그러나 전화기를 내려놓기 무섭게 곧바로 다시 벨이 울려 댔다.

 "페라몬트 플라자 프런트입니다. 무엇을 도와 드릴까요?"

 - 일본 대사관입니다. 스위트룸을 예약하려고 전화했습니다.

 똑같은 전화였다.

 오늘만 해도 유럽과 중동, 아시아 주미 대사관들에서 전부 전화가 쏟아져 들어왔다. 마치 각국의 주미 대사들이 페라몬트 플라자에서 회의라도 진행하는 듯했다.

 직원은 내심 쓴웃음을 지으며 똑같이 예약 문의에 응대해 나갔다.

 그렇게 페라몬트 플라자가 아주 바쁘게 돌아가고 있을 때, 손님이 쫙 빠져나간 로안 글로리 호텔은 분위기가 북

극처럼 꽁꽁 얼어붙었다.

VVIP의 이탈 원인을 알아차린 로안 글로리 호텔 경영진은 논란이 된 세 명의 직원들을 즉각 해고하였다. 그러면서 다시는 똑같은 일이 재발하지 않도록 직원들을 교육시켰다.

그렇게 어떻게든 상황을 수습해 보려 했지만, 논란은 점점 더 커져만 갔다.

차준후는 미국의 모든 언론이 주목하는 인물이었다.

차준후가 얽혀 있는 탓에 로안 글로리 호텔에서 벌어진 사건은 순식간에 언론에 보도되며, 로안 글로리 호텔은 인종차별을 공공연하게 벌이는 호텔이라는 낙인이 찍혔다.

「로안 글로리 호텔은 모든 사람이 차별 없이 이용할 수 있는 공간입니다. 우리는 만인의 평등을 매우 중요하게 생각하고, 모든 직원이 이와 같은 마음가짐을 가지고 일할 수 있도록 노력하고 있습니다. 앞으로 로안 글로리 호텔에서 어떠한 차별도 없도록 직원들을 철저히 재교육시키겠습니다.」

비판적인 소문들이 쏟아지고 객실 예약이 줄어들자, 로안 글로리 호텔에서 LA타임즈에 사과문을 올렸다.

그러나 이미 때늦은 대응이었다.

이미 로안 글로리 호텔의 이미지는 바닥에 추락했고, 심지어 그동안 로안 글로리 호텔에서 겪었던 경험담이 쏟아지자 비난은 더욱 거세졌다.

- 전에 로안 글로리 호텔의 레스토랑에 방문한 적이 있는데, 아무리 기다려도 점원이 주문을 받을 생각하지 않더라. 이제 보니 내가 흑인이라서 그랬던 거였어.
- 애인이랑 휴가를 보내려고 예약을 하고 갔는데, 예약이 되어 있질 않다고 우기더라.
- 너도? 나도.
- 인종차별을 하는 호텔들은 여럿 있지만, 로안 글로리 호텔은 명성에 걸맞은 서비스를 제공했어야 해.
- 직원 교육은 내팽개치고 돈 벌기에만 혈안이 되어 있었단 거지.
- 애용하던 곳인데 이제부터는 다른 호텔 가련다. 찝찝해서 로안 글로리 호텔은 못 가겠다.

로안 글로리 호텔은 사과문에도 여론이 뒤바뀌지 않자, 어떻게든 차준후의 마음만이라도 돌려놓기 위해서 그에게 편지를 보냈다.

사죄의 마음을 담은 편지와 함께 최고급 객실 숙박권과

호텔 레스토랑의 시식권도 함께 선물했다.

그렇지만 실망한 로안 글로리 호텔에 다시 방문하고 싶지 않은 차준후였다.

"토니 상무님, 호텔 자주 가시나요?"

"간혹 가지요."

"그럼 이거 호텔 숙박권과 레스토랑 시식권인데 상무님 쓰세요."

"어느 호텔인가요?"

"로안 글로리 호텔입니다."

"아, 얼마 전에 대표님이랑 인종차별로 엮였던 그 호텔이요?"

"그날의 일을 사과한다며 보내 줬는데 전 다시 갈 생각이 없어서요. 그렇다고 버리자니 또 아깝고, 괜찮으면 아내분과 함께 다녀오세요."

"잘 사용하겠습니다. 아내가 좋아하겠네요."

"거기 객실이 경치와 시설이 나쁘지 않아요."

결국 로안 글로리 호텔의 선물은 차준후가 아닌 토니 크로스에게 넘어갔다.

* * *

로안 글로리 호텔의 불운은 단순히 차준후의 이탈에서

멈추지 않았다.

"안녕하십니까. 스카이 포레스트의 고문 변호사인 김운보라고 합니다."

"처음 뵙겠습니다. 루이 파스 변호사입니다."

김운보는 스카이라는 법무법인을 설립하였고, 국내에서 서른 명의 변호사를 고용한 상태였다. 국제변호사 자격증을 가진 미국 변호사도 공을 들여 몇 명 고용하였고, 그런 사람 가운데 한 명이 바로 루이 파스였다.

국제적으로 사업을 하는 스카이 포레스트의 특성상 루이 파스와 같은 국제변호사가 꼭 필요했다.

때문에 김운보는 중년이라는 늦은 나이에도 국제변호사 자격증을 따기 위해 업무가 끝나면 공부에 매진하고 있었다.

"무슨 일이십니까?"

로안 글로리 호텔이 경영진이 불안한 눈빛으로 방문객들을 바라보았다.

요즘 언론에 집중포화를 맞아서 호텔 매출이 뚝 떨어져 버렸다. 이런 상황이 오래 이어지면 항상 흑자였던 호텔이 적자로 돌아설 수도 있었다.

살얼음을 걷는 것처럼 불안한 상황이었다.

변호사들이 왜 찾아왔을까?

경영진의 뇌리에는 불안감이 마구 치솟았다.

"스카이 포레스트에서는 이번 로안 글로리 호텔의 인종차별에 크게 실망하고 있습니다."

"입이 열 개라도 할 말이 없습니다. 책임을 통감하고 있고, 앞으로 다시는 이런 일이 벌어지지 않도록 노력하겠습니다."

"그건 알아서 개선하시면 됩니다. 저희 고객인 스카이 포레스트에서는 호텔의 직영점 계약 해지를 원하고 있습니다."

"헉! 계약 해지라고요? 그건 말도 안 됩니다!"

호텔 사장이 기겁하였다.

로안 글로리 호텔과 연계된 스카이 포레스트 직영점은 호텔에 많은 손님을 끌어모아 주고 있었다.

만약 스카이 포레스트 직영점이 계약을 해지한다면, 호텔 매출은 단숨에 급감하게 될 것이었다.

정말 맞은 데 또 맞는 셈이었다.

하지만 그것만이 문제가 아니었다.

직영점 해지는 스카이 포레스트가 더 이상 로안 글로리 호텔과 협업하지 않겠다고 선을 긋는 것이나 다름없었다.

그건 어떻게든 피해야만 했다.

로안 글로리 호텔은 다시금 차준후와 좋은 관계를 맺고 싶었다. 그리고 그러기 위해서 선물까지 보냈고, 좋은 소식을 기다렸다.

그런데 좋은 소식은 오지 않고, 변호사들이 찾아와서 날벼락과 같은 통보를 해 댔다.

"제발 다시 한번 기회를 주십시오."

"계약 사항에 로안 글로리 호텔이 사회적 물의를 일으킬 경우, 스카이 포레스트는 계약 해지를 통보할 수 있다는 조건이 있습니다."

차준후는 미국 내에서 공공연하게 일어나는 인종차별에 대해 일찌감치 우려하고 있었다.

그에 설마 최고급 호텔로 명성 높은 로안 글로리 호텔에서 인종차별이 벌어질까 싶었지만, 혹시나 싶어 직영점 계약을 맺을 때 로안 글로리 호텔이 사회적 물의를 일으킬 경우 계약을 해지할 수 있다는 조항을 추가했었다.

일종의 안전장치였다.

몇 번 뒤통수를 맞다 보니 차준후는 안전장치이 소중함을 느꼈고, 계약할 때 불의의 상황에 대비한 특약을 추가하고는 했다.

이런 특약은 스카이 포레스트에게만 일방적으로 유리한 건 아니었다.

스카이 포레스트가 사회적 물의를 일으킬 경우, 로안 글로리 호텔도 적잖은 손해배상과 함께 계약 해지를 요구할 수도 있었다.

이른바 특약 사항은 양날의 검이었다.

로안 글로리 호텔의 사장은 계약 당시 호텔에서 사회적 물의를 일으킬 일이 뭐가 있겠냐며 대수롭지 않게 그 조항을 넘겼었다.

설마 그때 안일하게 넘겼던 조항이 지금 로안 글로리 호텔에게 천추의 한이 되고 말았다.

"그것은 알고 있지만……."

"계약 조항에 따라 스카이 포레스트 직영점은 계약 해지되었음을 통보합니다."

로안 글로리 호텔은 이번 인종차별 사건으로 잃은 것들이 너무나도 많았다.

고객들의 신뢰는 물론이고, 차준후까지 등을 돌리며 황금알을 낳는 스카이 포레스트의 직영점까지 잃게 되었다.

로스앤젤레스를 대표하는 최고급 호텔 중 하나였으나, 인종차별자인 직원 한 명으로 인해 크게 휘청거리게 된 로안 글로리 호텔이었다.

이미지가 생명인 호텔 업계였다.

그런 이미지에 먹칠을 한 로안 글로리 호텔은 손님들이 찾지 않으면서 몰락의 길로 접어들고 있었다.

- 로안 글로리 호텔에 숙박하면 차준후와 함께 일할

수 없어.

- 라운 감독이 차준후 대표가 호텔에서 당한 모욕을 잊지 않겠다고 했다.
- 할리우드에서 영화를 찍을 때 매번 그 호텔에서 숙박했는데, 이제는 다른 곳에 가야겠네.
- 차준후가 머물고 있는 페라몬트 플라자 호텔이 그렇게 좋다고 해. 엘리베이터에서 만나면 드라마의 조연으로라도 출연할 수 있을지 몰라.
- 호텔에 취직해야 하나? 거기에서 일하면 차준후와 만날 확률이 높아지잖아.
- 천재적인 생각이다. 내일 당장 채용하는 자리 있는지 물어봐야겠다.

로안 글로리 호텔을 더욱 안타깝게 만드는 소문들이 할리우드와 연예계에 떠돌았다. 그렇지 않아도 줄어들던 연예계 손님들이 로안 글로리 호텔을 아예 외면하게 됐다.

제8장.

SF 헬스클럽

SF 헬스클럽

 산타모니카 해변이 내려다보이는 고층 건물.
 그곳의 최상층에 SF 헬스클럽의 본점이 드디어 완성됐다.
 스카이 포레스트는 해당 건물을 매입해서 완전히 새롭게 뜯어고쳤다.
 SF 헬스클럽을 방문할 손님들을 위한 편의 시설뿐만 아니라, 손님들이 최상층까지 편하게 올라올 수 있도록 엘리베이터 설치도 끝마쳤다.
 이제 내일이면 SF 헬스클럽의 오픈이었다.
 "아낌없이 돈을 팍팍 쓴 보람이 있네요."
 차준후가 아직 오픈 전인 헬스클럽을 둘러보며 만족스러운 표정을 지었다.

"인테리어 업자가 여기처럼 호화스러운 곳은 찾기 힘들 거라더라고요."

실비아 디온의 말대로 헬스장 내부는 호화롭기 짝이 없었다.

최고급 천연대리석이 바닥에 쫙 깔려 있었으며, 마호가니 원목을 사용해 만든 가구 등 고급 자재들이 아낌없이 사용되어 완성된 헬스장은 무척이나 고급스러우면서도 세련됐다.

그리고 그 세련된 공간을 싸이벡 스카이에서 만든 다양한 운동기구들이 가득 채우고 있었다.

"싸이벡 스카이에서 정말 고생을 많이 해 줬어요."

"만드는 족족 팔려 나가서 즐거운 비명을 지르면서 즐겁게 일하고 있다고 해요."

"아직 시작에 불과해요. 앞으로 운동기구들은 더 많이 팔리게 될 거예요."

시간이 흐를수록 운동기구 시장은 커진다.

싸이벡 스카이는 그 시장을 차준후의 투자 덕분에 선점할 수 있게 되었다.

"정말 잘 만들었네요."

차준후가 한쪽에 놓인 러닝머신을 살피며 감탄했다.

지금 그가 보고 있는 러닝머신은 싸이벡 스카이에서 만드는 운동기구들 중 최고급 명품 라인에 속하는 제품으로, 중형차 한 대를 살 수 있는 가격대였다.

러닝머신뿐만이 아니었다.

이곳에는 전부 싸이벡 스카이의 최고급 명품 라인업에 속하는 운동기구들만 배치되어 있었다.

SF 헬스클럽은 일반적인 운동기구들이 배치된 헬스장들이 주를 이루지만, 사악하다 싶을 정도로 비싼 가격의 운동기구들만 배치된 럭셔리 클럽도 오픈할 예정이었다.

럭셔리 클럽은 SF 헬스클럽의 고급 브랜드로, 이곳 SF 헬스클럽 본점도 그 럭셔리 클럽 중 한 곳이었다.

"럭셔리 클럽 회원권은 얼마나 나갔죠?"

"현재까지 총 107명이 등록을 한 상태입니다."

"휘이익! 생각보다 등록 회원이 많네요."

차준후가 휘파람을 불었다.

개업 이전부터 많은 화제를 불러온 SF 헬스클럽은 보증금과 함께 회원권을 등록해야지만 입장이 가능했다.

헬스클럽의 시설을 파손하거나 했을 경우를 대비해 회비와 별로 보증금을 책정한 것이었다.

일반 헬스클럽의 경우엔 보증금이 그렇게 높지 않았지만, 이곳 럭셔리 클럽의 경우엔 보증금이 무려 1만 달러에 달했다.

표면적으로는 운동기구 하나하나가 차량 한 대 가격에

준하기에 어쩔 수 없이 정해진 금액이라고 내세웠다.

1만 달러는 결코 작은 금액이 아니었다.

그리고 이 보증금은 일종의 수질 관리였다.

나이트클럽이 가드들을 동원해서 입장하는 손님들을 관리하는 것처럼 럭셔리 클럽은 보증금으로 1차적으로 장벽을 세운 것이었다.

- 아무리 그래도 너무 과도한 금액입니다.
- 그럴 돈이 있다면 차라리 운동기구를 사서 개인 헬스장을 만들려고 하지 않겠습니까?
- 이번에는 대표님께서 생각을 잘못하신 듯합니다.
- 보증금을 낮추는 편이 좋아요. 보증금을 낮추고, 회원권 가격을 올리는 건 어떤가요? 큰돈을 지불하는 부담이 적어지기에 더욱 많은 회원을 모집하는 게 가능해요.

SF 헬스클럽 사업을 진행하고 있는 실무진들이 과도한 보증금에 우려의 시각을 보냈다.

상징성을 지닌 본점이 정작 파리만 날리는 꼴이 된다면 브랜드 이미지가 심각하게 훼손될 수 있다며 생각을 바꿔 달라며 진언했다.

- 때로는 럭셔리한 게 통할 때가 있습니다. 상류층들

에게는 그들만의 문화가 필요해요.

 많은 반대에도 불구하고 차준후는 자신의 생각을 굽히지 않고 원안을 고수했는데, 놀랍게도 오픈 전부터 100명이 넘는 인원이 등록을 하였다.
 이는 SF 헬스클럽 본점이자 럭셔리 클럽인 이곳에서는 단순히 비싼 운동기구들만 놓여 있는 게 아니라, 다른 헬스클럽에는 없는 다양한 서비스가 제공되기 때문이었다.
 우선 럭셔리 클럽에서는 전문성을 지닌 코치가 회원 개개인에게 맞는 운동을 올바르고 안전하게 가르쳐 주는 퍼스널 트레이닝, 즉 PT를 제공했다.
 또한 스카이 포레스트의 여러 계열사에서 진행하는 시크릿 패션쇼를 비롯한 행사에 참석할 수 있는 초대권이 주어졌다.
 미국의 대도시인 LA에는 사업가, 정치인, 톱스타 등 각계각층의 유명 인사들이 살고 있었고, 그들이 세상에 없는 서비스를 누리기 위해 기꺼이 지갑을 열었던 것이었다.
 하지만 SF 헬스클럽의 럭셔리 클럽은 돈만 있다고 해서 가입할 수 있지 않았다.
 각계각층의 유명 인사들이 모이는 곳이니만큼 철저한 관리가 필요했고, 그에 회원 등록을 하기 위해선 서류 심사 과정까지 통과해야만 했다.

그리고 그것이 오히려 상류층의 마음을 부추겼다.

아무리 돈이 많아도 가입할 수 없는 헬스클럽이라는 말에, 그들은 어떻게든 더 럭셔리 클럽에 회원 등록을 하고자 애썼다.

"추가 회원 등록 문의가 계속 들어오고 있어요. 대표님은 이렇게 될 걸 예상하신 거죠?"

실비아 디온이 웃으며 물었다.

"헬스장을 명품화한 거죠. 부자들의 마음을 저격했다고 보면 됩니다."

크고, 멋있고, 화려하게!

화장품의 명품화를 추구하고 있는 스카이 포레스트는 헬스장도 고급화를 추진했다.

"제 친구들도 여기 회원권을 얻고 싶다고 하더라고요."

"럭셔리 클럽은 그런 식으로 입소문을 통해 고객을 유치할 겁니다. 따로 홍보할 필요가 없는 거죠. 상류층들에겐 이곳에 어떤 운동기구가 있느냐보다 누가 이용을 하고 있느냐가 더 중요할 테니까요."

상류층들에겐 운동이란 사교의 목적도 큰 비중을 차지했다.

그리고 골프와 승마, 테니스 등 예로부터 상류층들이 자주 즐기는 운동들은 개방된 외부 공간에서 즐기는 스포츠가 대부분이었다. 헬스장처럼 실내에서 즐길 수 있는 운동은 많지 않았다.

심지어 럭셔리 클럽은 매장 한쪽에 커피와 차를 마실 수 있는 카페 공간까지 마련되어 있어, 훨씬 더 쾌적한 환경에서 운동을 즐길 수 있다는 점에서 다른 운동들과 명확한 차별성을 지니고 있었다.

운동도 운동이지만, 다른 이들과 함께 사교 활동을 하는 것이 주목적인 이들에게는 상당히 괜찮은 선택지가 될 것이었다.

차준후는 SF 헬스클럽의 럭셔리 클럽이 LA의 대표적인 사교 공간으로 거듭날 것이라고 자신했다.

'원래는 대중적인 헬스장만 차리려고 했는데…….'

차준후가 부유한 이들만을 위한 럭셔리 클럽을 오픈하기로 마음먹은 것은 단순히 돈 때문만이 아니었다.

한국에서 벌어진 군사정변을 겪은 차준후는 혼자만의 힘으로는 해결할 수 없는 상황이 닥칠 수도 있음을 절실하게 깨달았다.

'너무 쉽게 생각했어.'

스카이 포레스트가 그 어느 기업도 범접할 수 없는 세계적인 기업으로 성장한다면 감히 누구도 자신을 건드리지 못할 것이라고 생각했다.

그리고 무엇보다 미래를 알고 있는 그였기에 어떤 위기

든 어렵지 않게 헤쳐 나갈 수 있으리라 자만했다.

그러나 그건 오산이었다.

'이미 역사는 나로 인해 조금씩 바뀌어 가고 있어.'

차준후의 행보는 하나같이 세상에 엄청난 영향력을 행사했다. 당연히 그로 인해 원 역사와는 다르게 흘러가는 일들이 많아졌다.

박정하의 군사정변은 날짜가 조금 앞당겨진 것에 불과했지만, 이후 또 어떤 일이 어떤 식으로 바뀌게 될지는 예상하기 어려웠다.

그리고 시간이 흐를수록 차준후가 기억하는 역사와 앞으로 펼쳐질 미래의 괴리는 커져만 갈 것이었다.

그에 차준후는 혹시 모를 상황을 대비해, 든든한 지원 세력을 만들어 둬야겠다고 생각했다.

지금까지는 혼자만의 힘으로도 어떤 위기를 해결할 수 있으리라 생각했기에 국내외를 가리지 않고 정재계 인사들과 특별히 친분을 쌓으려고 노력하지 않았지만, 이제는 그 필요성을 절실히 느꼈다.

실제로 이번 군사정변 때 미국에서 군사정부를 압박해주지 않았다면, 박정하는 차준후와 대면했을 때 그렇게 원만하게 대화가 끝나지 않았을 수도 있었다.

'미국의 상류층들은 분명 나중에 도움이 될 거야.'

이것이 바로 SF 헬스클럽의 럭셔리 클럽을 만들게 된

진짜 이유였다.

"샤워실을 보러 갑시다."

"네."

샤워실로 향하는 복도에는 고급 목재로 만든 고급스러운 격자무늬 진열장이 쭉 늘어서 있었는데, 거기에는 스카이 포레스트의 화장품과 향수들이 진열되어 있었다.

"와. 조명을 함께 설치해 두니 훨씬 좋아 보이네요."

진열장 사이사이에는 조명등이 함께 설치되어 있었고, 향수와 화장품들은 조명 아래에서 은은한 빛을 받으며 더 반짝였다.

한눈에 보더라도 고급스럽게 느낄 수 있도록 용기를 무척이나 신경 써서 디자인했지만, 이렇게 진열해 두니 한층 더 고급스러움이 강조됐다.

백화점의 유리 진열장에 진열되었을 때와는 전혀 다른 매력을 뽐냈다.

"이렇게 자주 보다 보면 구매 욕구가 생길 수밖에 없겠어요."

실비아 디온이 복도를 거닐며 감탄을 토했다.

"실비아가 그렇게 느꼈다면 성공이네요."

헬스장을 이용한 뒤에 샤워를 하기 위해서는 반드시 이 길을 지나야만 했다. 한두 번은 그냥 지나칠지 몰라도, 결국 한 번은 시선을 줄 수밖에 없었다.

그리고 차준후는 한 번이라도 시선을 빼앗을 수 있다면 구매 욕구를 자극할 수 있으리라 확신했다.

"운동을 끝나고 샤워하고 나와서 화장품과 향수를 이용할 수 있게 잘 준비해 두세요."

거울이 달린 앞에는 헤어드라이기와 빗 등이 가지런히 놓여 있었고, 스카이 포레스트의 화장품과 향수 들이 위치해 있었다.

클럽 회원들이 마음껏 이용할 수 있는 물건들이었다.

"직원들에게 대표님이 말씀하신 내용 잘 교육시킬게요."

"클럽 회원들 중에는 처음에 낯설어하다가도 가랑비에 옷 젖는 것처럼 결국에는 스카이 포레스트의 화장품과 향수를 이용하는 사람들이 나올 겁니다."

"럭셔리 클럽이 아닌 일반 헬스클럽에서는 화장품을 이용하는 걸 더욱 즐길 수도 있어요."

명품을 추구하는 스카이 포레스트에서 출시하고 있는 화장품들은 하나같이 고가였다. 그런 고가의 화장품을 SF 헬스클럽에서는 무료로 마음껏 사용이 가능했다.

럭셔리 회원들은 이런 무료에 크게 개의치 않겠지만 일반 헬스클럽의 회원들은 달랐다.

"애당초 손님들이 즐기도록 내놓은 화장품들이니까요. 무료로 푼 화장품들을 이용해 본 손님들은 자연스럽게 구매 고객으로 이어질 겁니다."

스카이 포레스트를 살찌우기 위한 헬스장이었다.

엄청난 투자비가 들어갔지만 화장품 구매 고객이 꾸준하게 늘어난다면 결국 스카이 포레스트에 이익이었다.

게다가 헬스장 사업은 벌써부터 대박의 조짐을 솔솔 풍겼다.

헬스장에서 돈 벌고, 주력 사업인 화장품 사업에서도 많은 이득을 누리는 게 가능했다. 싸이벡 스카이에 투자했고, 인맥을 돈독이 다질 수도 있는 헬스장 사업은 여러 가지로 얻을 게 많았다.

스카이 포레스트가 진행하고 있는 여러 사업들이 본업인 화장품과 함께 톱니바퀴처럼 맞물려 돌아가면서 많은 시너지 효과를 일으키려 하고 있었다.

울타리를 치고서 자신만의 사업에 집중하던 차준후가 외부에 신경을 기울이기 시작했다.

* * *

SF 헬스클럽 오픈일.

그동안 PPL 등 대대적으로 홍보를 해 왔던 SF 헬스클럽은 오픈과 함께 수많은 손님이 밀려들었다.

그리고 SF 헬스클럽의 고급 브랜드인 럭셔리 클럽 앞

으로는 고급스러운 차량들이 건물 지상과 지하주차장을 가득 메우기 시작했다.

로스앤젤레스뿐만 아니라 주변 도시의 재력가들을 비롯한 유명 인사들이 속속 모습을 드러냈다.

"개업을 축하합니다, 차준후 대표."

"와 주셔서 감사합니다, 슈티엔스 시장님."

"시정에 많은 도움을 주는 차준후 대표인데 당연히 와야지요."

슈티엔스 LA시장이 차준후에게 반가움을 표시했다.

이번에 스카이 포레스트 미국 법인이 대규모 공장을 짓기로 하며 로스앤젤레스는 그동안 골칫거리였던 일자리 문제를 다소 해결할 수 있게 됐을 뿐만 아니라, 막대한 세수도 확충할 수 있게 되었다.

이는 슈티엔스가 캘리포니아 주지사 선거에 나가기 전에 중요한 치적이 되어 주었다.

이로써 그는 캘리포니아 주지사 선거에서 남들보다 한 발 앞서 나갈 수 있게 됐다. 주지사가 될 확률이 더욱 높아지면서 정치 후원금이 점점 늘어났다.

차준후 효과를 슈티엔스 LA시장도 보고 있었다.

"이번에 공장을 크게 짓겠다고 발표해 줘서 정말 고마워요. 덕분에 제가 얻은 게 많습니다."

"상품이 부족하다고 사방에서 난리이니 당연히 공장을

지어야죠. 시장님이 행정적으로 지원해 주셔서 빨리 착공할 수 있게 됐어요. 감사합니다."

"부족한 부분은 없나요? 말씀만 해 주시면 곧바로 처리해 드릴 수 있도록 노력하겠습니다."

"시장님이 잘 챙겨 주셔서 지금 당장은 없습니다."

"혹시라도 문제가 있으면 언제라도 연락을 주세요."

"바로 연락을 드리죠."

두 사람의 대화가 훈훈하게 이어졌다.

무엇보다 슈티엔스의 눈에 차준후는 예쁘게 보일 수밖에 없었다.

만약 그가 켈리포니아 주지사가 된다면 일등공신은 차준후라고 말할 수도 있었다.

"다음 주 일요일에 제 자서전 발표 축하연이 있습니다. 시간이 되시면 참석을 부탁드립니다."

슈티엔스는 캘리포니아 주지사 선거에 힘을 쏟고 있있다. 자서전 발표 축하연은 자신의 지지 세력을 추위에 자랑하는 자리이기도 했다.

그는 어떻게든 차준후를 자신의 지지자로 포장하고 싶었다.

실제로 차준후가 자신을 지지해 주진 않더라도 상관없었다. 자서전 발표 축하연 자리에 참석해 준다면 남들은 알아서 그렇게 오해해 줄 테니까.

그러나 습관적으로 참석 부탁을 하면서도 큰 기대를 하지는 않았다.

'병적으로 정치권과 거리를 두려는 사업가니까.'

슈티엔스는 차준후의 성격을 파악한 상태였다.

그런 것을 알기에 적극적으로 다가서지 않았다. 괜히 다가가려다가 오히려 차준후가 질겁하고 피하는 사태가 벌어질 수도 있었기 때문이었다.

"초대장을 보내 주시죠. 참석하겠습니다."

차준후가 승낙했다.

지금까지는 토니 크로스에게 사업 외적인 업무는 떠넘겨 왔지만, 이제는 마냥 외면하지 않기로 마음먹었으니 거부할 이유가 없었다.

그동안 정치인들의 도움이 필요한 일이 딱히 없었기에 귀찮아서 피해 왔지만, 필요성을 느끼게 된 이상 적극적으로 움직일 생각이었다.

"차준후 대표가 자리를 밝혀 주신다고 하니 제가 너무나 든든합니다."

슈티엔스의 표정이 환해졌다.

생각지도 않은 승낙이었다.

이로써 그의 지지자 무리에 차준후가 들어왔다고 은근슬쩍 홍보할 수 있게 됐다.

"그동안 너무 사업에만 집중해서 이제는 사람들을 조

금씩 만나려고 합니다."

"잘 생각했어요. 사업을 크게 하다 보면 많은 사람을 만나 보고 그래야지요."

정치는 결국 돈과 사람의 싸움이다.

그리고 사업 역시 그것은 크게 다르지 않다.

홀로 고고하게 서 있으려고 해도 쓰러뜨리려고 계속해서 달려드는 하이에나 때문에 불가능하다.

"이번에 저를 위해 힘을 쓰셨다고 들었습니다. 늦었지만 감사합니다."

"차준후 대표님께서 LA를 위해 해 주신 일들에 비하면 약소하지요. 더 이야기를 나누고 싶은데 주변에서 바라보는 눈초리가 따가워서 안 되겠네요. 계속 차준후 대표님을 독점하고 있으면 머리카락을 모두 뽑힐 수도 있겠어요. 하하하!"

슈티엔스가 웃으면서 몇몇 남자들이 몰려 있는 곳으로 이동했다.

럭셔리 헬스클럽에 모인 사람들은 하나같이 상류층들이었고, 정치권에 상당한 영향력을 끼쳤다. 그런 사람들에게 얼굴을 내비치는 건 슈티엔스에게 있어 아주 중요한 일이었다.

"루이 대표님, 여기에서 뵙습니다."

"아, 오랜만이네요!"

"운동하러 오셨나요?"

"여기 이 친구, 벨그라노가 함께 운동하러 가자고 해서 끌려왔습니다. 인사해! 슈티엔스 LA시장님이야."

"반갑습니다. 벨그라노라고 합니다."

헬스장에서 운동을 하지 않고 사교에만 집중하고 있는 슈티엔스였다. 그가 물 만난 고기처럼 활발하게 움직였다.

차준후와 조금 떨어진 곳에서 젊은 여자들이 차준후를 힐끔힐끔 쳐다보고 있었다. 그런데 그녀들의 시선은 차준후뿐만 아니라 조금 뒤에 있는 실비아에게도 향했다.

"안녕, 실비아!"

"그동안 어떻게 지냈어?"

"동양의 작은 나라로 가 있어서 그동안 만나지도 못했잖아."

운동복을 입은 여자들이 실비아 디온에게 달려들어서 재잘재잘 떠들어 댔다.

그녀들은 실비아 디온의 친구들로, 하나같이 미국 상류층의 자제들이었다.

1만 달러라는 보증금은 그녀들의 집안에겐 큰돈이 아니었고, 오히려 럭셔리 클럽에서 미리 좋은 인맥을 쌓을 수 있다면 보증금이 아니라 회비로 내더라도 큰 손해가 아니라고 여겼다.

"취직해서 비서실장으로 지내고 있어. 인사해. 여기 이 분이 내가 모시고 있는 차준후 대표님이야."
"안녕하세요."
"처음 뵙겠어요. 데이브스 가문의 재니예요."
"실비아의 절친이에요. 제 친구가 멀리 떠나서 얼마나 슬퍼했는지 몰라요."
여인들이 차준후에게 마구 말을 걸었다.
그녀들은 친구가 모시고 있는 직장 상사가 어떤 인물인지 궁금하기도 했지만, 그 인물이 재계의 신성으로 떠오르는 차준후이기에 더욱 궁금한 게 많았다.
"만나서 반갑습니다. 차준후입니다."
"잡지 기사를 보니까 실비아와 연인 관계일지도 모른다는 이야기가 있더라고요? 사실인가요?"
"나도 봤어."
"정말? 직장 상사와의 로맨스라고? 생각만 해도 찌릿하다. 차가운 실비아가 우리들보다 먼저 연애를 할 줄은 몰랐어."
차준후는 미국의 유명 인사가 되며 사실이 아닌 루머를 많이 겪게 되었다. 그리고 실비아 디온과의 관계도 그중 하나였다.
젊은 여성들은 연애 이야기에 관심이 많았고, 그것은 실비아 디온의 지인들도 똑같았다.

"음!"

괜히 말을 잘못했다가 실비아 디온이 상처를 입을 수도 있었기에 차준후가 뭐라고 대답해야 하나 고민할 때였다.

"너희들! 쓸데없는 소리 하지 마. 대표님과 나는 아직 그런 사이가 아니야."

실비아 디온이 정확하게 사실을 이야기했다.

그러나 한번 불붙은 친구들의 관심사를 꺼 버릴 수는 없었다. 그녀들은 실비아 디온이 차준후에게 품고 있는 마음을 알아챘다.

"아직은 아니라고? 그럼 언제부터 그런 사이가 되는 건데?"

"나도 아빠에게 취직시켜 달라고 해야겠어! 직장 상사와의 로맨스라니…… 참을 수 없어!"

"와! 괜찮네. 회사를 다니면서 신부 수업까지 한꺼번에 받는 거잖아?"

항상 똑 부러지는 실비아 디온이었지만, 세 명의 친구들의 앞에서는 그녀들의 페이스 휩쓸려 허우적거렸다.

"아, 손님이 오셔서 저는 잠시 이야기 좀 나누고 오겠습니다."

저 멀리 라운 감독이 온 것을 본 차준후는 재빨리 실비아 디온의 친구들을 피해 자리를 떠났다. 그녀들을 계속 상대하고 있으면 피곤한 일이 늘어날 것만 같았다.

"어서 오세요, 라운 감독님. 바쁘실 텐데 와 주셔서 감사합니다."

"제가 운동하러 온 건지, 어디 대단한 파티장에 온 건지 모르겠네요."

라운이 주변을 둘러봤다.

정치인과 연예인들을 비롯해 TV에 자주 얼굴을 비추는 이들이 사방에 자리하고 있었다. 심지어 할리우드에서 주연을 자주 맡는 세계적인 톱스타들까지 보였다.

"의도한 부분이 있기는 한데 지나치게 잘 들어맞았네요."

"여기에서 배우들 오디션을 열어도 되겠는데요?"

"대본이 잘 만들어지고 있나 보군요."

"워낙 광고 기획안이 좋다 보니 대본이 순풍에 돛 단 것처럼 써지더라고요."

라운은 현재 차준후가 건네준 면세점 광고 기획안을 참고로 하여 극본을 짜고 있었다.

"이번에는 영화입니까? 드라마입니까?"

"현재는 영화 쪽으로 무게를 두고 있습니다. 대표님은 어느 쪽이 좋으실 것 같습니까?"

라운은 드라마로 한번 크게 성공을 해 보았으니, 이번에는 영화에 도전해 보고 싶었다.

"저도 영화가 좋다고 생각합니다."

차준후의 면세점 광고 기획안은 '매우 귀여운 여인'이라는 영화를 모티브로 하여 만든 것이었다.

애당초 영화였던 것을 모티브로 한 탓에 이야기의 소재나 전개의 호흡을 고려하면 똑같이 영화로 제작하는 편이 좋으리라 판단했다.

"이번에도 의견이 일치하네요. 다행입니다."

라운은 차준후가 드라마가 좋다고 했으면 기꺼이 방향을 선회하려고 했다. 그러나 그럴 필요 없이 차준후도 똑같은 방향을 바라보고 있었다.

역시 통하는 게 있어서 좋았다.

"어! 저 라라 데이비스는 세브란에 나오는 여자 주인공인데 여기에 왔네요."

크롭톱에 짧은 반바지를 입은 여인이 런웨이를 걷듯 걸어오고 있었다. 걸을 때마다 건강한 육체미가 마구 뿜어져 나왔다.

주변 남성들의 시선이 절로 모여졌고, 여성들은 부러움의 시선을 보냈다.

"운동을 하러 왔나 보죠."

"먹는 건 좋아하는데 운동은 싫어하는 걸로 유명한 배우예요. 그런데 살이 찌지 않는 체질이라 항상 몸매를 유지한다고 하더군요. 그런 사람이 운동을 하러 헬스장에

올 리가 없죠."

"그럼 왜 왔을까요?"

"여기로 오는데요."

"감독님을 만나려고 보증금을 기꺼이 낸 모양이네요."

"아닌 것 같은데……."

라운은 라라 데이비스가 자신에게 용건이 있지 않다는 느낌을 받았다.

"안녕하세요! 차준후 대표님, 라운 감독님! 라라 데이비스예요."

"반갑습니다."

"여기에서 배우님을 보게 될 줄은 몰랐네요."

"그토록 차준후 대표님을 만나려고 했는데 기회가 없어서 여기까지 찾아왔어요. 뭐, 찾아온 김에 오늘부터 운동도 좀 해 보죠."

"저를요?"

"최근에 새로운 작품 제작에 들어가셨다고 들었어요."

라라 데이비스의 시선은 라운이 아니라 차준후를 향해 있었다. 작품 제작의 주도권이 차준후에게 있다고 여겼기 때문이었다.

"신작이요?"

차준후가 물었다.

뜬금없는 소리였다.

무슨 소리인지 이해를 못해서 라운을 쳐다봤다.
"이번 면세점 광고 이야기인 듯합니다."
"그건 광고지, 신작이 아니잖아요?"
"제가 저번 댄싱 스타 쫑파티에서 오손 드라마 본부장과 신작 이야기를 했어요."
라운이 은근슬쩍 고개를 돌리며 이야기했다.

제9장.
라이쿠라

라이쿠라

 차준후는 왜 이 사태가 벌어졌는지 이해가 됐다.
 댄싱 스타 때처럼 라운이 입버릇처럼 자신에 대한 이야기를 떠들어 댄 것이 분명했다. 그리고 그 이야기를 들은 유명 여배우인 라라 데이비스가 찾아온 것이었다.
 차준후는 한숨을 내쉬었다.
 어느덧 주변에는 할리우드 배우들이 몰려 있었고, 그들은 안 듣는 척하고 있었지만 하나같이 이야기에 귀 기울이고 있었다.
 럭셔리 클럽에는 적잖은 할리우드 관계자들이 회원으로 등록했다. 톱스타인 그들은 출연료가 상당해서 1만 달러라는 돈을 가볍게 사용할 수 있었다.
 그런 그들은 하나같이 차준후가 기획했다고 알려진 신

작에 출연하고 싶어 했다.

만약 여기에서 말을 잘못했다가는 할리우드 관계자들에게 둘러싸일 수도 있었다.

그런 일은 절대 사양이었다.

"저는 드라마고, 영화고 어떤 작품에도 참여하지 않고 있습니다. 작품 이야기라면 여기 라운 감독님과 나누셔야 할 것 같습니다."

면세점 광고 기획안이 라운에게 영감을 주길 바라긴 했지만, 그것이 작품 제작에 직접적으로 참여하겠다는 뜻은 아니었다.

예나 지금이나 차준후는 작가로서 활동할 생각이 없었다.

차준후는 자신의 할 말만 딱 끝내고는 자리를 떠났다.

"차, 차준후 대표님!"

"저기 차준후 대표님! 제가 말실수를 한 것이 아니라 주변에서 곡해를 한 것입니다."

라운 감독과 라라 데이비스가 불렀지만, 차준후는 모른 척하며 다른 곳으로 움직였다.

"저기, 영화에 출연하려면 어떻게 해야 하나요?"

"저 꼭 출연하고 싶어요."

라운 감독의 주변으로 지켜보고 있던 배우들이 몰려들면서 약간의 소란이 벌어졌다. 만약 조금만 대처가 늦었다면 차준후는 저들에게 둘러싸였을 수도 있었다.

"아직 대본도 나오지 않았어요. 대본이 나오면 그때 이야기합시다."

라운은 차준후와 앞으로 제작할 영화에 대해서 더 이야기를 나누고 싶었다. 그런 이야기를 하려는 찰나에 라라 데이비스의 등장으로 인해 물거품이 되고 말았다.

'당신은 내 영화에 등장하지 못할 줄 알아. 요즘 차준후 대표 만나기가 얼마나 어려운데…….'

라운이 속으로 라라 데이비스를 향한 원망을 드러냈다.

할리우드 배우 무리에서 탈출한 차준후의 시선에 한쪽 러닝머신 위에서 땀을 흘리며 달리고 있는 사람이 보였다.

지미 헨드릭이었다.

그는 차준후와의 약속을 지키기 위해 매일 한 시간 이상 달리기를 하고 있었다. 얼마 전까지만 해도 공원에서 조깅을 해도 충분했지만 이제는 그럴 수가 없었다.

여주인공의 OST를 연주했다는 게 사람들에게 많이 알려진 탓이었다. 잡지와 신문, 방송에도 그의 얼굴이 자주 나왔다.

그 결과, 조깅을 하면 사인을 해 달라는 사람들이 너무 많이 달라붙었다. 댄싱 스타로 미국에서 크게 유명해진 지미 헨드릭이었다.

"이제는 숨도 차지 않고서 잘 달리네요."

차준후가 지미 헨드릭 옆의 러닝머신 위에서 가볍게 달리기 시작했다.

초고가의 러닝머신이라 그런지 달리는 느낌이 무척 좋았다. 발을 내딛을 때마다 부드럽게 받쳐 주는 느낌이 구름처럼 가벼웠다.

"하루도 빼먹지 않고 꼬박꼬박 하고 있어요. 이제는 오히려 하루라도 달리지 않으면 몸이 굳는 느낌이더라고요."

지미 헨드릭이 여유롭게 달리면서 이야기했다.

꾸준한 운동을 통해 몸이 많이 건강해졌고, 또 보기 좋아졌다.

"운동을 좋아하게 된 거군요. 잘됐습니다."

차준후가 크게 반겼다.

꾸준한 운동은 무절제하고 즉흥적으로 살던 지미 헨드릭의 삶에 특이점이 생겨난 셈이었다. 운동 습관 덕분에 요절할 지미 헨드릭의 운명이 바뀔지도 몰랐다.

운명은 정해진 것이 아니라 개척하는 것이라고 믿는 차준후였다.

운명대로였으면 회귀 자체도 불가능하지 않았을까?

차준후가 그렇게 생각하며 지미 헨드릭과 나란히 러닝

머신 위에서 달리고 있을 때였다.

"안녕하세요, 대표님."

차준후의 러닝머신 옆으로 익숙한 음성이 들려왔다.

사만다 윌치였다.

"드라마 잘 봤어요. 연기력이 물이 올랐더군요. 보는 내내 즐거웠습니다."

"좋은 모습을 보여 드리고 싶어서 열심히 했어요."

사만다 윌치도 옆에서 가볍게 뛰기 시작하며 이야기했다.

시청자들에게뿐만 아니라, 누구보다 차준후에게 자신의 매력을 보여 주고 싶었다. 이제는 연기력도 수준급이 된 그녀였다.

그러나 그녀가 가진 최고의 무기는 역시나 몸매라고 할 수 있었다.

몸에 착 붙는 옷을 입은 그녀가 러닝머신 위를 딛을 때마다 아름다운 육체미가 폭발적으로 뿜어져 나왔다.

"험!"

차준후가 앞을 바라봤다.

옆을 바라보기가 쉽지 않았다.

"이번에도 또 광고 모델을 맡겨 주셔서 감사해요."

차준후는 이번 면세점 광고의 모델로 사만다 윌치를 낙점했다.

"시청률 40%의 여주인공인데요. 저야말로 제안을 수락해 주셔서 고맙지요."

댄싱 스타로 이제는 톱스타에 반열에 오른 사만다 월치였다. 이제는 오히려 차준후가 모델을 부탁해야 하는 입장이 되었다고 해도 과언이 아니었다.

"면세점 광고를 노리는 연예인들이 많다고 들었는걸요? 그 많은 사람 중에 절 뽑아 주신 거니 당연히 제가 감사해해야죠."

사만다 월치의 말대로 스카이 포레스트에는 광고 모델을 맡겨 달라며 역제안이 쏟아져 들어왔었다. 모델료를 낮춰서라도 모델을 맡고 싶다는 연예인들도 많았다.

차준후가 직접 기획한 광고라는 이야기뿐만 아니라, 그 광고 기획을 기반으로 드라마나 영화가 제작될 것이라는 루머까지 업계에 퍼진 탓이었다.

광고를 내보낼 때마다 미국 전역을 들썩이게 만든 스카이 포레스트였고, 그중에서도 SF-NO.1 밀크 광고는 드라마 댄싱 스타로 제작되며 시청률 40%를 넘기는 엄청난 기록을 세웠다.

만약 면세점 광고 모델로 발탁되어, 나중에 그 광고가 드라마로도 제작된다면 이어서 주연 배우로 낙점될 확률이 높았다.

제2의 사만다 월치가 될 수도 있는 것이었다.

여배우들이 모델료를 낮춰서라도 면세점 광고 모델 자리를 따내고 싶어 하는 건 당연한 일이었다.

그러나 차준후에게 있어 모델료는 중요한 문제가 아니었다. 비싼 모델료를 치르더라도 홍보에 도움이 되느냐가 훨씬 중요했다.

그리고 사만다 월치는 그 조건에 가장 부합하는 모델이었다.

"어머, 대표님! 오랜만이에요! 아, 지미도 있었군요. 반가워요."

어느새 다가온 그레이스 켈리가 반갑게 인사를 건넸다.

그레이스 켈리는 지미 헨드릭과도 안면이 있었다. 그녀는 댄싱 스타를 통해 지미 헨드릭의 연주를 인상 깊게 들었고, 그에 지미 헨드릭에게 자신의 미국 순회 공연에서 기타 빈주를 맡아 달라고 요청했다.

큰 인기를 얻게 됐지만 이제 막 데뷔한 신인이나 마찬가지였던 지미 헨드릭은 당연히 그 제안을 승낙했고, 곧 있을 미국 순회 공연에 함께할 예정이었다.

"지미, 혹시 계속 뛰실 건가요?"

지미 헨드릭은 그레이스 켈리가 무슨 의도로 물으신 것인지 단번에 알아챘다.

"아, 저는 이제 사이클을 좀 타야겠어요."

"그러실 건가요? 그러면 제가 러닝머신 좀 써 봐야겠네요."

그레이스 켈리가 러닝머신 위에 올랐다.

차준후의 오른쪽에는 사만다 월치가 있었고, 왼쪽에는 그레이스 켈리가 있었다.

그레이스 켈리의 운동복도 무척이나 몸에 딱 달라붙는 스타일이었다.

SF 헬스클럽에는 회원들에게 대여해 주는 운동복이 비치되어 있었는데, 그녀들처럼 따로 개인 운동복을 챙겨 오는 이들이 적지 않았다.

그건 별로 문제 되는 일이 아니었지만, 그 탓에 차준후는 정면만을 바라보며 열심히 운동에 전념할 수밖에 없었다.

자칫 고개를 돌렸다가 눈길이라도 갔다간 다시는 시선을 떼지 못할 것 같았다.

'세계에서도 손꼽히는 매력적인 여성들과 함께 운동을 한다는 게 쉬운 일이 아니구나.'

너무나도 매력적인 여성들이 옆에 있으니 단순히 운동을 하는 것도 마음이 편하지 않았다.

"고객님, 숄더 프레스를 하실 땐 손목을 꺾지 말고 수직으로 하셔야 해요."

"러닝머신을 이용하실 땐 각도를 조절하시면 언덕을

달리는 효과를 낼 수 있습니다."

"스텝밀은 러닝머신보다 관절에 충격 덜 가서, 관절이 안 좋으신 분들한테는 운동하기 더 좋으실 거예요."

SF 헬스크럽에서 검증하여 채용한 전문 코치들이 돌아다니면서 회원들에게 운동기구 사용법을 알려 주거나 잘못된 자세를 교정해 줬다.

그동안 세상에 없던 운동기구들이 잔뜩 있는 SF 헬스클럽이었지만, 코치들이 하나하나 친절히 설명해 주니 회원들은 어려움 없이 운동을 즐길 수 있었다. 어느 한 명 불만을 드러내는 이가 없었다.

아직 오픈 첫날에 불과했으나, SF 헬스클럽의 시작은 성공적으로 보였다.

* * *

바쁘다! 바빠!

미국에 오고 난 뒤 차준후는 정신없이 시간을 보냈다.

기존에 없던 새로운 사업과 특허, 기술들을 연달아 세상에 선보였다.

하나의 세상을 만들어 냈으면, 그 안에 알맹이를 채워 넣어야 한다. 특허를 출원했다고 해서 끝이 아니었다.

무스, 헬스장, 란제리, 큐빅, 크롭톱 등 출시하는 신제품마다 선풍적인 인기를 끌었다.

특히 특허를 가지고 있는 큐빅과 무스 등의 제품은 스카이 포레스트에서 시장을 독점하고 있었기에 순조롭게 흘러갔다.

그러나 특허가 없는 란제리와 크롭톱은 곧바로 경쟁업체가 생겨났다.

란제리와 크롭톱이 시장에서 큰 호응을 얻자, 곧바로 메이저 의류업체에서 유사한 란제리 속옷과 크롭톱을 마구 시장에 쏟아 냈다.

메이저 의류업체의 어마어마한 생산량은 순식간에 SF 패션을 뛰어넘었다.

란제리와 크롭톱 시장을 확장하고 활성화시킨 건 SF 패션이었지만, 달콤한 과실은 그들에게 빼앗기고 있었다.

"상도덕도 없는 놈들! 당장 연방거래위원회에 제소해야 해요!"

SF 패션의 회의실에서 한 디자이너가 열변을 토했다.

"뭐라고 제소를 할 겁니까?"

"우리가 만든 란제리와 크롭톱을 디자인만 살짝 바꿔서 출시하고 있잖아요!"

"란제리와 크롭톱은 저희가 판매를 시작하기 전에도 이미 있었던 옷들입니다. 그렇다면 저희도 베낀 건가요?

종류는 같을지라도 디자인이 다르면 엄연히 다른 옷인 겁니다."

"그럼 이대로 지켜만 봐야 하나요? 억울해서 못살겠다고요."

"저희가 해야 할 건 계속해서 새로운 디자인을 창조해 소비자들의 마음을 얻어 내는 거예요."

다른 업체들도 디자인 도용으로 고소를 당하지 않으려면 완전히 똑같은 디자인으로 제품을 만들 수는 없었다.

그렇다면 결국 세밀한 부분에서는 디자인의 차이가 발생한다는 뜻이었다.

설령 SF 패션의 디자인을 참고해 만들어진 디자인이라 할지라도, 그렇게 개량된 디자인이 소비자들의 선택을 받은 것이라면 패배를 인정해야만 했다.

그리고 그런 상황을 만들어 내지 않기 위해 계속해서 발전된 디자인을 선보이는 비로 디자이너들의 소임이었다.

지금 이 자리에 모인 디자이너들도 그 사실을 모르진 않으나, 자신들의 노력을 빼앗기는 듯한 기분에 억울한 마음이 드는 건 어쩔 수 없었다.

"대표님! 좋은 방법이 없나요? 억울해서 못살겠어요."

차준후는 SF 패션의 디자이너들에게 부탁을 받아 회의에 참석해 있었다.

실무진의 의견을 존중하는 차준후는 SF 패션뿐만 아니라 어느 사업 분야에서도 가능한 관여를 자제해 왔다.

그러나 차준후의 속뜻을 알지 못하는 SF 패션의 임직원들은 그가 자신들에게 관심이 없는 것이 아닌가 싶어 서운하게 느끼기도 했다.

물론 차준후가 얼마나 바쁜지 잘 알고 있기에 그동안 그를 귀찮게 할 생각은 없었다.

그러나 현재 SF 패션에 닥친 위기에 SF 패션의 임원진들은 차준후에게 간곡히 도움을 청할 수밖에 없었고, 이렇게 회의에 참석하게 된 것이었다.

차준후는 회의가 진행된 이후 한마디 말도 없이 회의실에서 오가는 여러 의견을 조용히 경청했다.

그리고 어느 정도 과열된 분위기가 가라앉자 처음으로 입을 열었다.

"시장 경쟁은 자연스러운 일입니다. 이걸 피할 방법은 없습니다. 어느 회사든 소비자들이 원하는 디자인을 만들어서 판매할 뿐이지, 그걸 원망한다고 해도 해결되는 일은 없습니다."

차준후가 원론적인 이야기를 꺼냈다.

그는 의류 디자인에 대한 전문적인 지식이 부족했다. 그러니 디자인과 관련해서는 도움을 주고 싶어도 줄 수 있는 게 없었다.

"물론 방법이 없는 건 아닙니다. 만약 제 아이디어를 실현시킬 수만 있다면, SF 패션은 시장에서 독보적인 경쟁력을 갖출 수 있을 겁니다."

디자인에 대해서는 전문적인 지식이 없는 차준후가 고민할 수 있는 건 사업적인 영역뿐이었다.

그리고 그 방향에서 접근한다면 해결책이 전혀 없는 건 아니었다.

"대표님이라면 방법이 있으실 줄 알았어요!"

"역시 대표님이세요."

"도대체 어떤 방법인가요?"

SF 패션의 디자이너들이 일제히 차준후의 입이 열리기만을 기다렸다.

"전 해답이 소재에 있다고 생각합니다."

"예? 소재요?"

디자이너들은 생각지도 못한 답변에 의문을 표했다.

'스판덱스가 상용화되는 게 이때쯤이었지?'

스판덱스(Spandex)는 탁월한 신축성을 지닌 합성섬유로, 섬유의 반도체라는 별명이 붙을 정도로 고부가가치를 지닌 섬유였다.

디자인의 영역에서는 고유성을 가지고 다른 경쟁업체들을 압도하기 어려울 수 있겠지만, 차별화된 소재를 사용하여 품질을 높인다면 SF 패션은 독보적인 경쟁력을 갖출 수 있을 것이었다.

차준후는 이제부터 해야 할 일에 대해서 생각해 봤다.

'이런 식으로 연결되는구나.'

21세기의 경험들을 이 시대에서 사용할 때마다 묘한 느낌을 받았다.

회귀 전, 미국 유학 당시 견학을 갔던 기업을 떠올렸다.

그 기업의 이름은 듀퐁이었다.

듀퐁!

듀퐁은 1차 세계대전, 남북전쟁, 2차 세계대전까지 미군에 화약과 폭탄을 공급하며 세계적인 화약 제조업체로 이름을 알린 기업이다.

그리고 최초의 합성섬유인 나일론 개발에 성공하며 화학섬유 기업으로서도 이름을 알리기 시작했고, 테플론과 스판덱스 등 화학섬유 제품을 연이어 개발하며 세계 최고의 화학섬유 기업으로 자리를 잡았다.

합성섬유, 합성수지, 농약, 도료, 자동차, 전자, 의료 등 광범위한 분야에서 듀퐁의 특허 기술이 사용되었고, 화학 분야를 논할 때 듀퐁의 특허 기술을 빼고선 이야기를 진행할 수 없었다.

그런데 과거엔 이러한 듀퐁의 성공을 좋지 않게 바라보는 시선들이 있었다.

듀퐁의 창립자가 미국에서 가장 부유하고 가장 유명한 4대 가문 중 하나인 듀퐁 가문의 둘째 아들로, 그의 사후로도 대대로 가문의 일원이 재산과 회사 경영권을 세습하며 이어 왔다는 이유 때문이었다.

  미국은 남북전쟁 이후, 전쟁통에 엄청난 부를 거머쥐게 된 부호들이 많았다. 그리고 부자들과 서민들의 갈등은 더더욱 심화되었다.

  부자라는 이유만으로 밤거리를 걷다가 길거리에서 살해당하는 사건까지 발생할 정도였다.

  그만큼 가진 자들을 향한 가지지 못한 자들의 분노는 컸다.

  그에 그동안 경영권을 세습해 왔던 듀퐁은 경영에서 손을 떼고, 전문 경영인을 세워 자신들은 암중으로 숨어들기를 택했다.

  물론 결국 듀퐁이라는 기업을 실질적으로 지배하고 있는 것은 듀퐁 가문이었지만, 전문 경영인이 회사를 경영하게 되며 여느 기업과 별다를 것이 없게 되었기에 차준후로서는 복잡하게 생각할 것 없이 관련 실무자와 논의하면 되는 일이었다.

  차준후는 실비아 디온을 통해 알아본 듀퐁의 실무자에게 직접 연락을 취했다.

  - 합성섬유 사업본부장 에릭 케이스입니다.

"안녕하십니까. 스카이 포레스트의 차준후 대표입니다."

- 무슨 일로 전화하셨습니까?

"듀퐁의 라이쿠라 제조 기술 특허로 요청을 드리고 싶은 일이 있어 연락을 드렸습니다."

라이쿠라는 듀퐁에서 제작한 스판덱스의 상표명으로, 미래에도 스판덱스보다 라이쿠라라는 이름으로 대중들에게 더 친숙했다.

훗날 듀퐁 텍스타일&인테리어라는 섬유 부문 회사를 전신으로 하여 설립된 회사인 인비스를 다른 기업에 매각하며, 21세기엔 라이쿠라는 더 이상 듀퐁의 것이 아니게 되지만 이 시기에는 듀퐁에서 모든 관련 특허를 보유하고 있었다.

- 기술 특허와 관련해선 따로 드릴 이야기가 없습니다. 전화 끊겠습니다.

황당하게도 에릭 케이스는 그렇게 자기 할 말만 한 채 전화를 끊었다.

차준후로서는 어이가 없어 헛웃음이 나올 지경이었다.

"이거 봐라? 이야기를 제대로 들어 보지도 않고 끊어 버리네."

차준후의 입매가 비틀렸다.

스카이 포레스트는 진행하는 사업마다 크게 성공시키

며 미국뿐만 아니라, 유럽까지 이름을 널리 알렸다.

정계와 재계에서도 차준후를 만나고 싶어 갖은 수작을 부릴 정도였다.

그러나 160년 역사를 지닌, 세계 굴지의 대기업인 듀퐁에겐 아직 스카이 포레스트는 애송이에 불과했다.

딱히 사업적으로 연계되는 부분도 없었기에 듀퐁 입장에선 스카이 포레스트와 차준후에게 아무런 관심도 없었다.

최근 다른 사람이 자신에게 매달리는 모습만 보다가, 이런 대우를 받는 건 또 오랜만이었기에 차준후는 지금의 상황이 다소 어색하게 느껴졌다.

정상적인 접근이 불가능해 보였으니 다른 방법을 찾아야만 했다.

삐익!

차준후가 인터폰을 켰다.

"실비아 비서실장님."

- 네, 대표님. 무슨 일이세요?

"듀퐁의 합성섬유 본부장과 통화를 했는데, 그쪽에선 저랑 대화를 생각이 없나 보더라고요. 그래서 말인데, 라이쿠라에 큰 영향력을 지닌 조셉 쉬버 박사를 만나 봐야겠습니다. 연락처를 알아봐 주실 수 있나요?"

조셉 쉬버는 무려 십여 년에 걸친 연구 끝에 스판덱스,

듀퐁의 라이쿠라를 개발해 낸 화학자다.

그의 연구는 듀퐁의 지원이 있었기에 가능했던 것이지만, 또 그가 아니었다면 아무리 많은 지원을 했다고 해도 라이쿠라는 탄생하지 못했을지도 몰랐다.

듀퐁의 섬유화학 부문 사업에서 조셉 쉬버의 영향력이 엄청난 것은 당연한 일이었다.

- 바로 알아보고 연락드릴게요.

실비아 디온은 곧장 디온 가문의 정보망을 총동원했다.

화약 제조업체로 시작한 듀퐁은 미군과 매우 긴밀했고, 자연스레 디온 가문과도 교류가 있었다. 디온 가문의 힘을 빌린다면 듀퐁 직원의 연락처를 알아내는 것 정도는 손쉬웠다.

그녀는 몇 차례 전화를 돌린 끝에 조셉 쉬버 박사의 연락처를 알아낼 수 있었다.

- 대표님, 알아냈어요.

"고생했어요."

- 당연히 제가 해야 하는 일이에요.

실비아 디온의 뿌듯해하는 기분이 전화기를 타고 고스란히 전해져 왔다.

"다음에 호텔에서 식사나 함께해요."

홀로 먹는 것보다 때론 함께 식사하는 게 맛있었다. 함께 보내는 시간을 실비아 디온이 좋아한다는 걸 알기에 한 제안이었다.

- 네, 기다릴게요.

차준후가 인터폰을 껐다.

그리고 듀퐁 합성섬유 연구실의 한 곳으로 전화를 걸었다.

- 듀퐁 합성섬유 스판덱스 연구실의 스튜어트 밀입니다.

"스카이 포레스트의 차준후라고 합니다. 조셉 쉬버 박사님께 드릴 이야기가 있어서 연락드렸습니다."

- 지금 박사님은 연구 중이십니다. 용건을 말씀해 주시면 전달드리겠습니다.

"박사님과 합성섬유와 관련하여 기술 협력을 논의하고 싶습니다."

- 기술 협력과 관련된 건이라면 연구실이 아니라 합성섬유 사업본부에 연락을 주십시오.

"단순히 기술 협력을 받고자 연락을 드린 게 아닙니다. 전 조셉 쉬버 박사님께 새로운 합성섬유에 대해 기술 협력을 해 드리고자 연락을 드린 겁니다."

- 예? 새로운 합성섬유요?

연구원 스튜어트 밀은 당연히 차준후가 스판덱스 연구실에서 개발한 라이쿠라의 기술 협력을 요청하는 것이라고 생각했기에 예상치 못한 말에 크게 당황했다.

― 새로운 합성섬유라면 어떤 걸 말씀하시는 겁니까? 정확하게 설명해 주시면 박사님께 전달드리겠습니다.

"총알도 뚫지 못하고, 섭씨 500도에서도 타지 않는 섬유입니다. 방탄복과 방탄헬멧 등에 쓰일 수 있는 특수한 고분자 합성섬유죠."

차준후가 설명한 건 아라미드라는 합성섬유로, 이 또한 듀퐁에서 1967년에 세계 최초로 상용화를 해 내는 합성섬유였다.

아라미드 섬유는 메타 아라미드와 파라 아라미드로 나뉘는데, 듀퐁은 노멕스라는 이름으로 메타 아라미드 섬유를 세상에 처음 선보인다.

그리고 후에 케불라라는 파라 아라미드 섬유를 출시한다.

신축성은 메타 아라미드가, 강도는 파라 아라미드 섬유가 더 뛰어나기에 용도에 따라 나뉘어 사용됐다.

그중에서도 특히 파라 아라미드, 듀퐁의 케불라는 플라스틱 수준의 무게로 철의 5배나 되는 강도를 자랑하여 방탄복을 제작하는 데 쓰이며 유명세를 알리게 된다.

케불라 방탄조끼 이전에는 철판을 넣어야만 했기에 무척이나 무거웠다. 그러나 케불라로 만든 방탄조끼는 가볍고 착용이 편안해서 아이들도 입을 수 있을 정도였다.

지금 차준후가 조셉 쉬버 박사에게 이야기하려는 것이 바로 이 케불라였다.
- 뭐, 뭐라고요? 잠시만 기다려 주십시오. 곧바로 박사님께 전달드리겠습니다!
스튜어트 밀은 서둘러 조셉 쉬버 박사에게 이야기를 전달하기 위해 움직였다.
'화장품 용기를 케불라로 만드는 것도 괜찮겠는데…….'
통화를 기다리는 차준후가 케불라의 용도를 떠올렸다.
항공기 재료로도 사용되는 고가의 케불라를 차준후가 화장품 용기로 사용하려고 마음먹었다.
고가의 케불라는 명품화를 지향하는 스카이 포레스트에 참으로 어울리는 신소재였다.

* * *

저녁 시간의 페라몬트 플라자 호텔 레스토랑은 무척 분주했다. 정장과 드레스를 입은 사람들이 연신 몰려들었다.
그렇게 바쁘게 돌아가는 레스토랑이지만 안쪽의 별실은 무척이나 조용했다.
점원의 안내를 받은 조셉 쉬버 박사가 별실로 움직였다.

"반갑습니다. 박사님. 차준후입니다."

"조셉 쉬버요. 재미난 이야기를 들어서 찾아왔소."

중후한 인상의 중년 신사인 조셉 쉬버가 밝게 웃었다.

듀풍사에는 수많은 화학자가 있었고, 그중에서도 스판덱스를 개발하며 섬유화학 분야의 권위자로 불리게 된 조셉 쉬버였다.

자신을 물론이고, 세계 최고의 연구자들이 모여 있는 듀풍사의 그 누구도 아직 개발해 내지 못한 새로운 합성 섬유라니.

당연히 흥미가 동할 수밖에 없었다.

"같은 무게의 강철보다 5배는 강도가 높은 섬유를 만드는 게 가능한 일이요?"

"벌집 모양의 고분자 형태로 만들면 충분히 가능합니다."

차준후가 호기롭게 이야기했다.

"벌집 모양의 고분자로 만들기가 어려운 거지, 이론상으로는 가능하지요."

벌들의 집인 벌집 모양은 구조적으로 무척 안정적이다. 벌집 모양의 패턴을 가진 섬유라면 그 강도가 높을 수밖에 없었다.

"화학을 전문적으로 공부하셨나 봅니다?"

조셉 쉬버의 눈이 커졌다.

그는 약속 자리에 나오기 전에 차준후에 대해서 알아봤다.

스카이 포레스트라는 회사를 고작 1년 만에 세계적인 기업으로 성장시키고, 다양한 사업 분야에 직접 관여하며 성공을 이끈 천재 사업가.

그 이전까지의 이력에 대해선 제대로 알려진 바가 없었지만, 그가 성공시킨 사업 분야를 토대로 나름 화학 분야에 지식이 있다는 것은 알 수 있었다.

그런데 이제 보니 그 정도 수준이 아닌 듯했다.

지금 차준후가 설명하고 있는 건 오랜 기간 전문적으로 화학 분야를 탐구하지 않고서는 알 수 없는 것들이었다.

"독학으로 어느 정도 아는 정도입니다."

차준후가 적당하게 이야기했다.

21세기의 화학 지식은 당연히 이 시대에서는 독보적일 수밖에 없다. 아직 시내에서는 증명조차 하기 어려운 지식도 많았기에 자세히 설명해 주는 건 무의미했다.

"그리고 독학하는 과정에서 발견한 고분자 합성섬유, 저는 이것에 케불라라고 이름을 붙였습니다."

케불라가 차준후의 입에서 세상에 처음 튀어나왔다.

"케불라…… 어감이 좋군요. 정말 차준후 대표가 말한 대로의 강도와 내화성을 지니고 있다면 현존하는 섬유들 가운데 가장 강한 소재로 자리 잡을 겁니다."

"인류의 역사에 남을 섬유가 될 거라 자신합니다."

실제로 파라 아라미드, 케불라는 21세기까지도 극소수의 기업만이 생산할 수 있는 합성섬유였다.

"도대체 어떻게 이런 생각을 한 겁니까?"

"인류의 발전에 안전은 떼어 놓을 수 없는 중요한 요소죠. 그리고 무궁무진한 활용도를 지닌 섬유가 그 부분에 크게 기여할 수 있으리라 생각했습니다."

21세기를 살았던 차준후에게서는 확고한 자신감이 넘쳐흘렀다.

케불라는 다양한 내충격 장비, 시설에 주요 보강재로 사용되며 사람의 생명을 살리는 데 크게 기여한다.

그리고 그렇게 안전이 확보되기에 발전이 가능해지는 분야들이 많았다.

케불라의 개발이 인류의 문명 발전에 크게 기여했다고 해도 결코 과언이 아니었다.

"원리만 생각해 둔 건 아닌 거 같고…… 이론도 어느 정도 정립된 겁니까?"

"물론입니다."

케불라는 화학자라면 모르는 이가 없을 만큼 유명한, 위대한 화학 연구의 결정체였다.

워낙 유명해서 어떠한 원리와 이론으로 제작되는 것인지 널리 알려져 있었다.

물론 그 이론으로 어떻게 제작해 내는 것인지까지는 차준후도 알 방법이 없었고, 그와 관련된 도움을 청하기 위해 조셉 쉬버를 찾은 것이었다.

"천재라고 하더니, 과연 소문 그대로군요."

조셉 쉬버가 마른침을 꿀꺽 삼켰다.

듀퐁사에서도 고강도 합성섬유에 대한 연구를 진행하지 않는 것은 아니었다.

그러나 수많은 듀퐁사의 화학자들이 모여서 연구를 진행했음에도 아직 방법을 찾지 못한 합성섬유의 원리를 화장품을 만드는 회사의 대표가 뜬금없이 이야기하고 있는 상황이었다.

하지만 그 사람이 바로 화장품뿐만 아니라 다양한 사업을 벌이며 단 한 번도 실패하지 않았다는 차준후였다.

만약 눈앞의 사람이 차준후가 아니었다면 헛소리를 한다고 경멸했을지도 몰랐다.

말로는 뭐라고 못 떠들겠는가.

그러나 눈앞의 사내는 LNG 탱크, 천연가스 비료, 노화 방지 화장품 등 세상에 없던 것들을 여러 차례 세상에 마구 쏟아 낸 인물이었다.

"아직 이론을 정립한 수준의 단계에 불과합니다."

"이론만 정립했다 하더라도 충분히 대단한 겁니다. 수십 년간 섬유를 연구한 저도 도달하지 못한 이론이니까요. 박사라는 호칭은 제가 아니라 차준후 대표님께서 가져가야겠네요."

세상에 없던 개념을 만들어 낸다는 건 결코 간단한 일이 아니었다.

실제로 원 역사에서 케불라를 발명한 듀퐁의 화학자는 미국 발명가 명예의 전당에 오르는 영예를 얻기도 한다.

"이 이론을 실현시키기 위해서 박사님의 도움을 구하고 싶습니다. 도와주시겠습니까?"

"물론이지요."

조셉 쉬버가 흔쾌히 승낙했다.

도와 달라고 말하긴 했지만, 이건 오히려 차준후가 그에게 기회를 준 것이나 다를 바 없었다.

세상에 없는 새로운 합성섬유를 연구하고 싶어 하는 화학자는 너무나도 많았다. 오히려 조셉 쉬버가 제발 도울 수 있게 해 달라고 간청해야 할 상황이었다.

조셉 쉬버는 한 명의 화학자로서 한시라도 빨리 케불라를 연구해 보고 싶었다. 벌써부터 몸이 근질거렸다.

하지만 이것으로 이야기가 끝일 리가 없었다.

차준후는 화학자가 아닌 사업가였다.

케불라 개발 협력은 조셉 쉬버에게 훨씬 이득인 거래였다. 사업가인 차준후가 자신이 손해를 보는 거래를 제한하기 위해 자리를 만들었으리라고는 생각되지 않았다.

"정립된 케불라의 이론을 제공해 주는 대가로 바라시는 게 무엇입니까?"

조셉 쉬버가 차준후의 본심을 직설적으로 물었다.

그러자 차준후는 돌려 말할 것 없이 본론을 꺼내 들었다.

"케불라의 이론을 제공해 드리는 대신, 듀퐁사의 라이쿠라 기술 특허를 스카이 포레스트에 제공해 주셨으면 합니다."

"라이쿠라의 기술 특허를요?"

"라이쿠라는 속옷과 수영복의 원단으로만 사용되고 있지만, 스카이 포레스트의 SF 패션이라면 라이쿠라의 신축성을 이용하여 소비자들이 좋아할 다양한 의류를 만들어 낼 수 있습니다."

차준후는 라이쿠라의 가능성을 알고 있었다.

이 시대엔 아직 그 용도가 속옷과 수영복 정도에 멈춰 있지만, 차준후는 그것을 더욱 잘 활용해 낼 자신이 있었다.

"음!"

조셉 쉬버가 고뇌했다.

"무슨 말씀이신지는 알겠지만, 저는 연구원이라서······."

조셉 쉬버가 말꼬리를 흐렸다.

연구원이 사업 방향에 대해서 왈가왈부한다는 건 쉬운

일이 아니었다. 괜히 말 한마디를 잘못했다가는 듀퐁사에서의 연구 생활이 힘들어질 수도 있었다.

"만약 이 조건을 수용하실 수 없다면, 스카이 포레스트로서는 케불라를 자체적으로 연구할 수밖에 없습니다."

다양한 일상복의 소재로 활용되는 라이쿠라는 무척이나 매력적인 섬유였지만, 케불라의 가치는 그 이상이라 할 수 있었다.

의류 분야 외에도 자동차, 항공우주 등 비롯한 다양한 분야에서 활용되는 케불라는 돈으로 환산할 수 없는 가치를 지녔다.

곧바로 케불라를 개발하기엔 어려웠기에 라이쿠라의 기술 특허를 지원받으려고 했을 뿐, 선택지가 라이쿠라 뿐인 건 아니었다.

엄청난 자금과 시간, 인력 등을 투입하면 케불라를 스카이 포레스트가 독자적으로 개발하는 것도 충분히 가능했다.

그렇지만 차준후는 역사에 큰 변화를 주고 싶지 않았기에 원주인인 듀퐁에게 먼저 상생의 손을 내밀었다.

당장은 SF 패션이 경쟁업체들 때문에 고통을 겪는 일을 피하긴 어렵게 되겠지만, 시간만 주어진다면 케불라를 통해 더 압도적인 경쟁력을 갖출 수 있었다.

'상황이 여의치 않으면 합성섬유 분야에서 탐욕스러운

괴물이 될 수밖에. 라이쿠라가 아쉽기는 하지만 협력이 무산되면 신축성 좋은 다른 신소재를 개발하면 그만이다.'

미래에 듀퐁이 개척하는 기술 특허를 선점하는 건 어려운 일이 아니었다.

그렇게 된다면 섬유 시장을 지배하던 듀퐁 대신에 스카이 포레스트가 지배자가 되는 건 한순간이었다. 스카이 포레스트가 합성섬유의 선두주자이자 최강자로 올라설 수 있었다.

원 역사에서 듀퐁의 것이었기에 기회를 주는 것일 뿐, 스카이 포레스트의 앞길을 위해서라면 결단을 내릴 수밖에 없었.

'자체적으로 개발을 해내겠다고?'

공포감에 조셉 쉬버의 얼굴이 굳어졌다.

결코 헛소리로 치부할 수 없는 이야기였다.

새로운 합성섬유를 개발하기 위해서는 상당한 시간과 노력, 자본, 기술 등이 필요하다.

그런데 눈앞의 차준후에겐 그 모든 것을 해결할 능력이 있었다.

실제로 이미 고작 1년 사이에 세상에 없던 수많은 기술을 개발해 낸 인물이 아니던가.

만약 스카이 포레스트가 케불라를 개발하여 독점권을

손에 넣는다면, 케불라 하나만으로도 듀풍의 합성섬유 사업을 위협할지도 몰랐다.

물론 언젠가는 듀풍에서도 고강도 합성섬유를 개발해 낼 것이었다.

하지만 눈앞의 차준후라면 또 다른 신소재를 뚝딱 만들어 낼 수 있을지도 모른다는 생각이 들었다.

결코 적으로 둬서는 안 되는 인물이었다.

"관련해서 사업본부에 제가 직접 이야기를 해 보겠소이다."

커다란 위기감을 느낀 조셉 쉬버는 차준후의 제안을 받아들여야 한다고 생각했다. 단 한 번의 잘못된 판단으로 듀풍의 합성섬유 사업에 위협을 가져오는 일은 피해야만 했다.

"그래 주시겠습니까?"

"라이쿠라를 지금보다 세상에 더 널리 알릴 수 있는 기회 아니겠습니까? 제가 사업본부에 잘 한번 이야기해 보겠소이다."

"감사합니다."

차준후가 웃으며 이야기했다.

왠지 모르게 조셉 쉬버는 부드럽게 이야기하는 차준후가 더 무서웠다. 대책이 있는 천재는 범재를 두렵게 만들었다.

'어떻게든 사업본부장을 설득해야 해!'

조셉 쉬버가 속으로 결심했다.

그리고 차준후에게 말했다시피 이건 라이쿠라를 세상에 널리 알릴 수 있는 기회일지도 몰랐다.

정말 SF 패션을 통해 지금보다 다양한 의류가 만들어진다면, 라이쿠라의 개발자로서는 기쁜 일이었다.

심지어 세상에 없는 고강도 합성섬유, 케불라를 개발하는 데 도움까지 받을 수 있다면 이건 듀퐁사에게 결코 손해가 아닌 거래였다.

"잘 부탁드리겠습니다. 스카이 포레스트는 라이쿠라를 최고로 빛나게 만들어 줄 수 있습니다."

차준후가 자신감을 드러냈다.

라이쿠라로 만들 수 있는 수많은 의류가 그의 뇌리에 마구 떠올랐다.

"혹시 생각해 두신 의류가 있으십니까?"

조셉 쉬버는 차준후가 엄청난 자신감을 드러내니 이쯤되자 그가 어떤 옷을 만들고자 하는 것인지 궁금하지 않을 수 없었다.

"음…… 한 가지만 설명드리자면, 가령 이런 옷입니다."

차준후가 만년필을 꺼내 냅킨에 그림을 그려 나갔다.

그런데…….

"이게 도대체 무슨 옷입니까?"

이번에도 아주 몹쓸 그림이 냅킨에 그려졌다.

너무나도 조악한 그림에 조셉 쉬버는 차준후가 그린 것이 도대체 무엇인지 이해할 수가 없었다.

"으음……."

직접 그린 차준후가 봐도 이걸로는 도대체 무슨 옷인지 알아보기 힘들어 보였다.

쓴웃음을 지은 차준후는 결국 말로 설명하기로 했다.

"수영복처럼 몸에 딱 달라붙는 운동복입니다."

스판덱스는 엄청난 신축성을 지니고 있어, 활동량이 많은 이들이 입는 옷에 매우 적합한 소재였다.

그리고 그중에서도 유명한 것을 고르자면, 바로 레깅스가 있었다.

라이쿠라로 레깅스를 비롯한 운동복을 만든다면, SF 헬스클럽과도 시너지를 내는 게 가능했다.

실제로 원 역사에서 듀퐁은 라이쿠라를 활용해 몸에 딱 달라붙는 에어로빅 의상을 만들어 큰 화제를 일으키기도 했다.

"아, 운동복이었군요!"

조셉 쉬버가 바뀐 눈빛으로 차준후를 응시했다.

'그림은 정말 못 그리는군. 그래서 더 마음에 들어.'

완벽해 보이기만 하던 천재에게도 부족한 점이 있었다. 그런데 그런 부족한 모습이 결점처럼 보이지 않고,

오히려 인간적으로 느껴져서 좋았다.

그는 차준후의 단점을 알게 되면서 더욱 친숙함을 느꼈다.

"그리고 저는 이 운동복을 영화나 드라마의 주요 소재로 활용해 볼 생각입니다."

"영화와 드라마요?"

조셉 쉬버의 눈이 커졌다.

"그동안 미국의 유명 만화를 실사화한 작품들에서 영웅들이 입고 있는 슈트는 영웅들의 멋을 제대로 살려 내지 못했습니다. 하지만 라이쿠라를 사용해 슈트를 제작한다면, 배우들의 육체미를 한층 더 돋보이게 만들어 줄 겁니다."

미국의 두 기업에서 제작된 슈퍼히어로 만화는 1960년대에도 엄청난 인기를 끌고 있었다.

그리고 이 당시에도 영화나 드라마 등으로 실사화가 진행됐었는데, 이때 슈퍼히어로를 연기하는 배우들이 입고 있는 의상은 처참하다 할 수 있는 수준이었다.

하지만 라이쿠라를 소재로 하여 슈트를 제작한다면, 만화에서 느끼던 멋을 영상 속에서도 충분히 드러낼 수 있을 것이었다.

"아주 좋은 생각입니다! 확실히 라이쿠라로 슈트를 만든다면 한층 더 멋있을 겁니다!"

차준후는 훗날 월드 박스오피스 역대 순위 안에 슈퍼히어로물이 여럿 자리한다는 걸 알고 있었다.
 히어로 슈트를 제작하는 것을 시작으로 슈퍼히어로물 제작에 일찌감치 한 발 걸칠 수 있다면 엄청난 이득을 거머쥘 수 있을 것이었다.

제10장.

조나단 듀퐁

조나단 듀퐁

 조셉 쉬버가 듀퐁 합성섬유 사업본부장실에 찾아온 것은 차준후와 만난 바로 다음 날이었다.
 "박사님, 이건 월권입니다."
 "생각을 다시 해 보시오. 상대가 심상치 않소."
 "단순한 엄포입니다. 그게 가능할 리 없잖습니까."
 "그가 설명한 케불라라는 새로운 합성섬유는 제대로 된 개념이 정립되어 있었소. 그건 단순히 망상을 늘어놓는 게 아니었소."
 "말로는 뭘 못하겠습니까."
 조셉 쉬버 박사가 합성섬유 사업본부장 에릭 케이스와 대화를 하고 있었다. 처음에는 안부 인사부터 시작해서 부드럽게 대화를 시작했지만 이제는 목소리가 다소 높아졌다.

"오랜 세월 동안 노력해서 만들어 낸 라이쿠라요. 그런 라이쿠라가 제대로 빛을 보기도 전에 경쟁자를 만나는 꼴을 보고 싶지는 않소."

조셉 쉬버 박사는 필사적이었다.

호텔에서 만난 차준후의 경고가 아직도 귓가에 생생했다.

이대로 에릭 케이스를 설득하지 못하면 아주 몹쓸 상황이 벌어질 것만 같았다.

"몹쓸 꼴을 당하는 건 듀퐁이 아니라 스카이 포레스트입니다. 화학 분야에 아직 뛰어들지도 않은 기업이 듀퐁과 부딪쳐서 살아남을 수 있으리라 생각합니까?"

에릭 케이스의 음성에는 잔뜩 날이 서 있었다.

감히 듀퐁을 위협해?

듀퐁은 미국 경제를 넘어서, 사람들의 삶에 지대한 영향을 끼치는 기업이었다.

특히 듀퐁이 수십 년 전 개발한 나일론은 다양한 섬유와 플라스틱 제품에 사용되며, 어디에서나 흔히 볼 수 있었다.

그런 듀퐁이 미국에서 지닌 힘이 어느 정도인지 두말할 것도 없었다.

스카이 포레스트가 최근 다양한 특허와 사업 성공으로

전 세계적인 돌풍을 일으키고 있지만, 100년이 넘는 역사를 지닌 듀퐁에 비할 바는 되지 못했다.

"다시 한번 말씀드리지만 사업적인 판단은 제가 내립니다."

에릭 케이스는 자신의 영역을 침범당할 생각이 추호도 없었다.

아무리 조셉 쉬버 박사가 섬유화학 분야의 권위자라 할지라도, 사업은 별개의 영역이었다.

연구원들은 연구를, 그리고 그 연구물을 가지고 사업 방향을 정하는 것은 사업본부의 역할이었다. 연구원이 사업본부의 역할에 개입하는 것은 절대로 있어선 안 되는 일이었다.

게다가 이미 합성섬유 사업본부에서는 라이쿠라를 이용한 사업 계획도 여럿 짜 놓은 상황이었다. 그런데 스카이 포레스트에게 라이쿠라 기술 특허를 제공해 준다면, 그 계획이 다 틀어질 수밖에 없었다.

느닷없이 나타난 스카이 포레스트라는 기업 하나 때문에 사업본부의 계획을 바꾼다는 건 말이 되지 않았다.

"침착하게 다시 생각해 보세요. 지금까지 섬유화학 사업을 해 본 적도 없는 스카이 포레스트에서 느닷없이 세상에 없는 고강도 합성섬유를 만들어 낸다는 게 현실적으로 말이 됩니까? 그게 얼마나 어려운 일인지는 박사님께서 더 잘 알고 계시지 않습니까."

"그는 천재요. 나와 같은 범재가 아니란 말이오."

"천재라고요? 그래 봤자 듀퐁 앞에서는 모두가 범재일 뿐입니다. 그러니까 그 차준후라는 작자가 라이쿠라를 이용하려고 난리인 거고요."

에릭 케이스는 첨단 섬유인 라이쿠라를 욕심낸 차준후가 수작을 부리는 것이라고 판단했다.

이전에도 듀퐁에 이런 수작을 부리던 인간들이 종종 있었다. 그리고 그들은 하나같이 전부 사기꾼들이었다.

물론 그도 차준후가 최근 엄청난 업적을 여럿 세우며 천재라 불리고 있다는 것은 알고 있었다.

그러나 섬유화학 분야의 톱을 달리는 듀퐁의 합성섬유 사업본부장인 에릭 케이스는 듀퐁에서 해내지 못한 일을 아직 합성섬유 분야에 명함도 내밀지 못한 기업에서 해냈을 거라고는 결코 불가능하다 여겼다.

"젠장! 말이 통하지 않는군!"

조셉 쉬버가 욕설을 내뱉었다.

"지금 뭐라고 하셨습니까?"

"젠장! 젠장이라고 했소. 후회할 거요!"

다시 한번 욕설을 내뱉은 조셉 쉬버가 등을 휙 돌리곤 문밖으로 향했다.

"조셉 쉬버 박사, 지금 언행은 그냥 넘어가지 않을 겁니다."

에릭 케이스가 방을 나서는 조셉 쉬버를 날카로운 시선으로 노려봤다.

에릭 케이스는 합성섬유 부문 사업을 총괄하는 사업본부장이었다. 아무리 조셉 쉬버가 듀퐁의 중요 연구원이라지만, 도를 넘는 언행은 참고 넘길 수 없었다.

"누가 후회하게 될지 지켜봅시다."

등 뒤에서 들려오는 에릭 케이스의 목소리에 순간 가슴이 철렁 내려앉았지만, 조셉 쉬버는 결코 후회하지 않았다.

그는 자신의 판단이 틀리지 않았다고 확신하고 있었다.

"이걸 사용하게 되는 날이 올 줄은 몰랐는데······."

조셉 쉬버는 지갑에서 명함 하나를 꺼내 들었다. 대학교의 교수였던 그를 듀퐁이 연구실에 처바히게 만들었던 인물의 명함이었다.

그가 꺼내 든 명함은 황금빛으로 눈부시게 빛나고 있었다.

그것은 비유적인 표현이 아니라, 정말 순금으로 만들어진 명함이었다.

황금 명함에는 조나단 듀퐁이라는 이름이 새겨져 있었다.

조나단 듀퐁은 조셉 쉬버의 대학 제자로, 듀퐁 가문의 직계 중 한 명이었다.

대학 시설 조셉 쉬버의 강의를 들었던 그는 조셉 쉬버의 남다른 능력을 알아보았고, 섬유화학 연구실로 초빙하였다.

그리고 황금 명함을 건네며 자신의 도움이 필요한 일이 있으면 언제든 편하게 연락 달라고 이야기했었다.

하지만 지금껏 조셉 쉬버는 단 한 번도 그에게 도움을 청한 적이 없었다.

딱히 조나단 듀퐁의 도움이 없더라도 듀퐁사는 연구에 아낌없이 투자를 해 주었기 때문이었다.

그러나 이번에는 조나단 듀퐁의 도움 없이는 상황을 해결할 수 없을 것 같았다.

"자식과도 같은 라이쿠라가 땅바닥에 처박히는 걸 그냥 두고 볼 수는 없지."

조셉 쉬버가 건물 밖에 놓인 공중전화로 들어갔다.

그리고 명함에 적힌 번호로 전화를 걸었다. 잠시 연결음이 이어졌고, 마침내 상대방이 전화를 받았다.

- 여보세요.

여성의 음성이었다.

"조셉 쉬버 박사라고 합니다. 조나단 듀퐁과 통화를 하고 싶소이다."

― 지금 조나단은 자리에 없어요. 용건을 이야기해 주시면 전달할게요.

"급한 용건이오. 직접 통화를 했으면 좋겠소."

전화기 너머가 잠시 조용해졌다.

본래라면 듀퐁 가문의 일원은 철저하게 신변을 보호했기에 다른 누군가에게 거처를 알려 주는 일은 없었다.

그러나 몇몇 예외 대상이 있었는데, 조나단 듀퐁의 경우엔 대학교 은사인 조셉 쉬버가 그에 해당했다.

― 조나단은 지금 SF 헬스클럽에서 운동을 하고 있어요. 그쪽 전화번호를 알려 드릴게요.

최근 조나단 듀퐁은 SF 헬스클럽의 럭셔리 클럽에서 운동을 하는 재미에 푹 빠져 있었다.

"고맙소."

조셉 쉬버는 전화를 끊으며 묘한 느낌을 받았다.

SF 헬스클럽이 스카이 포레스트의 차준후가 최근 시작한 신사업임을 그도 알고 있었다.

이렇게 차준후와 다시 한번 엮이게 되다니.

묘한 운명을 느꼈다.

'이럴 때가 아니지.'

상념에서 깨어난 조셉 쉬버는 전달받은 번호로 전화를 걸었다.

몇 차례 연결음이 이어진 뒤 부드러운 여성의 목소리가

들려왔다.

- SF 헬스클럽 본점, 럭셔리 클럽입니다. 무엇을 도와드릴까요?

"조셉 쉬버라고 하는데, 그곳에서 운동을 하고 있는 조나단 듀퐁 좀 바꿔 주실 수 있겠습니까?"

- 잠시만 기다려 주세요.

조셉 쉬버는 기다리는 동안 무어라 이야기할지 다시 한번 생각을 정리했다.

- 선생님, 오랜만입니다.

"잘 지냈는가?"

- 저야 선생님 덕분에 잘 지내고 있죠. 선생님께서 만드신 라이쿠라 덕분에 가문에서 아주 고개를 빳빳하게 들고 다닐 수 있게 됐으니까요.

조나단 듀퐁은 듀퐁 가문의 직계였으나, 그렇다고 입지가 좋다고는 할 수 없었다.

듀퐁 가문의 일원은 무척이나 많았고, 가문 내에서 입지를 갖기 위해선 각자 능력을 증명할 필요가 있었다.

그리고 조셉 쉬버를 영입하여 라이쿠라를 개발하는 성과를 거둔 조나단 듀퐁은 최근 가문 내에서의 입지가 좋아진 상황이었다.

- 그나저나 이렇게 연락을 주셨다는 건, 무슨 일이 생기셨나 보군요?

조나단 듀퐁이 물었다.

그가 이곳에서 운동을 하고 있다는 사실을 알고 있는 사람은 극소수였다.

명석한 조나단 듀퐁은 조셉 쉬버가 명함에 적힌 번호로 연락을 취했음을, 그리고 조셉 쉬버에게 무언가 도움이 필요한 일이 있음을 단번에 알아차렸다.

"그래, 맞네. 무슨 일 때문에 연락을 했냐면……."

조셉 쉬버가 자초지종을 차근차근 설명했다.

차준후와 만났을 때부터 에릭 케이스와의 이야기까지 모두 이야기하였다.

"이대로는 큰일이 날 것 같아서 전화를 한 것이네."

말없이 이야기를 듣던 조나단 듀퐁이 잠시 침묵을 이어갔다.

그는 어떤 상황인지 충분히 이해를 했고, 조셉 쉬버를 돕고 싶은 마음도 있었다.

그러나 듀퐁 가문은 경영에서 손을 떼고 모든 기업의 경영을 전문 경영인에게 맡긴 지 오래였다. 세습 경영으로 숱한 문제를 겪어 왔던 듀퐁가에는 가능한 경영에 개입하지 않는 방침이 세워져 있었다.

물론 암중에서는 은밀히 경영에 개입하기도 했지만, 그것은 최고 위원회에 속한 가문의 어른들에게만 주어진 권한이었다.

라이쿠라의 개발로 가문 내에서의 입지가 좋아진 조나단 듀퐁이라지만, 이번 일에 섣불리 개입했다가 문제가 생기기라도 한다면 그 입지는 단숨에 무너져 내릴 수도 있었다.

- 선생님, 제가 차준후 대표를 직접 만나서 이야기를 나눠 보겠습니다.

조셉 쉬버를 신뢰했지만, 그렇다고 그의 말만 듣고 판단할 수는 없었다.

조나단 듀퐁은 자신이 직접 차준후와 대화를 나눠 본 후에 어떻게 할지 판단을 내리기로 마음먹었다.

"부탁하네. 만나 보면 자네도 내가 왜 이러는지 알게 될 걸세. 그는 나와 차원이 다른 천재니까."

아직 어떠한 것도 결정된 게 없었으나 조셉 쉬버는 마음을 놓을 수 있었다. 조나단 듀퐁이 직접 차준후를 만나 본다면 자신과 똑같은 판단을 내리리라는 확신이 있었기 때문이었다.

- 선생님도 엄청난 천재세요.

"나도 차준후 대표를 만나기 전까지는 그런 줄 알았네."

- 그렇게까지 말씀하시니 정말 기대되네요. 아무튼 알겠습니다. 다음에 또 언제든 연락 주세요.

전화를 끊은 조나단 듀퐁의 입가에 흥미를 머금은 미소

가 떠올랐다.

"이런 식으로 클럽 대표와 제대로 인사를 하게 됐네."

조나단 듀퐁과 차준후는 럭셔리 클럽에서 이미 몇 차례 얼굴을 마주친 적이 있었다.

최근 조나단 듀퐁은 저녁마다 매일같이 럭셔리 클럽에서 운동을 했고, 차준후 또한 상류층과 인맥을 다지기 위해 퇴근 후 럭셔리 클럽을 자주 찾았기에 마주칠 일이 생길 수밖에 없었다.

그러나 그동안은 두 사람 모두 서로에게 구태여 알은척하지 않았기에 인사를 나눌 일이 없었는데, 조셉 쉬버 박사로 인해 생각지도 못한 방식으로 인사를 나누게 된 것이었다.

"음! 열심히 운동을 했더니 땀 냄새가 장난이 아니네. 처음 만나는데 이렇게 만나는 건 도리가 아니지. 샤워를 하고 와야겠다."

가슴을 모아 주는 운동기구에서 일어선 조나단 듀퐁이 샤워실로 걸음을 옮겼다. 문을 열고 들어서자 은은한 냄새가 떠돌았다.

"스카이 포레스트에서 새롭게 나온 향수 냄새가 나쁘지 않네."

오랫동안 써 오던 향수가 있던 그이지만, 샤워실에서 씻고 나올 때면 스카이 포레스트의 향수를 한 번씩 사용해 봤는데 꽤 마음에 들었다.

한번 향수를 바꿔 볼까 생각이 든 조나단 듀퐁이었다.

* * *

운동복으로 갈아입은 차준후가 실비아 디온과 함께 럭셔리 클럽에 나타났다. 전에 약속했던 식사를 맛있게 먹고 소화도 시킬 겸 함께 운동을 하기 위해 온 것이었다.

럭셔리 클럽에는 오픈 첫날보다 많은 사람이 운동을 하고 있었다.

1만 달러라는 엄청난 보증금에도 불구하고, 오히려 상류층 사이에 럭셔리 클럽의 회원권이 부의 상징처럼 여겨지며 더 많은 상류층이 모여드는 결과를 불러일으킨 것이었다.

또한 이곳에 모인 이들은 전부 운동만을 목적으로 하고 있지 않았다. 차준후와 마찬가지로 상류층 인사들과 교류를 하기 위해 이곳에 모인 이들도 상당수였다.

상류층이 또 다른 상류층을 불러오는 선순환!

그 선순환이 이뤄지면서 럭셔리 클럽에는 계속해서 회원 수가 늘어나고 있었다.

"러닝머신을 먼저 타실 건가요?"

"실비아는요?"

"러닝머신 먼저 하려고요."

"전 사이클부터요."

차준후가 실비아 디온과 나란히 러닝머신 위에서 운동하는 걸 꺼렸다.

실비아 디온이 잠시 말없이 차준후를 바라보았다. 왠지 불만이 있는 듯한 얼굴이었지만 차준후로서도 할 말은 있었다.

'함께 운동하면 비교가 심하게 되잖아요.'

실비아 디온의 신체 능력은 어지간한 남성들은 가볍게 씹어 먹을 정도로 놀라웠다. 빈약한 신체 능력을 지닌 차준후는 실비아 디온 옆에서 더욱 비교가 됐다.

헬스장에서 다른 사람과 자신을 비교하는 건 어리석은 일이었지만, 가능한 실비아 디온 옆에서 운동하고 싶지 않은 차준후였다.

"제가 옆에서 코치를 해 드려야 하는데……."

"유산소 운동 끝나고 근력 운동을 할 때 도와주세요."

"네. 그럼 잠시 뒤에 뵐게요."

떨어지고 싶지 않은 실비아 디온이 마지못해 대답했다. 러닝머신 위에 올라서서 금발을 휘날리면서 빠른 속도로 내달리기 시작했다.

위이잉! 위이잉!

러닝머신이 빠른 속도로 돌아가기 시작했다. 홀로 운동

하게 된 것에 분노했는지 평소보다 빠른 속도였다.

어지간한 배우들보다 아름다운 외모를 지닌 그녀가 달리는 모습에 헬스장에 있던 사람들이 힐끔힐끔 쳐다보기 시작했다.

'저기에 있지 않아서 다행이야.'

사이클 위에서 천천히 페달을 밟고 있는 차준후가 속으로 안도의 한숨을 내쉬었다.

"안녕하십니까."

그때, 잘생긴 젊은 백인이 사이클에 올라서면서 인사를 건넸다.

"네, 안녕하세요."

"조나단 듀퐁이라고 합니다. 조셉 쉬버 박사님께 부탁을 받아 이야기를 나누고 싶어서 이렇게 찾아왔습니다."

"아!"

차준후는 짧은 이야기 속에서 상황이 어떻게 흘러가고 있는 것인지 눈치챘다.

"사업본부장님과는 이야기가 잘 풀리지 않은 모양이군요."

"덕분에 기회가 왔으니 저로서는 더 잘된 일이라고 할 수 있겠죠."

조나단 듀퐁은 웃으며 페달을 가볍게 밟기 시작했다. 운동이 목적이 아니라 대화를 하기 위한 동작이었다.

조셉 쉬버와 통화를 끊은 직후, 그는 그가 알고 있는 여러 섬유화학 전문가들에게 연락을 취했다.

그리고 차준후가 조셉 쉬버에게 설명한 고강도 합성섬유를 만든다는 게 실현 가능성이 있는 일인지 의견을 구했다.

전문가들은 처음에는 조나단 듀퐁이 탄소섬유를 설명하는 것인 줄 알고 의아해했으나, 이내 그가 설명하는 섬유가 절연 섬유임을 깨닫고는 화들짝 놀랐다.

탄소 섬유에 버금가는 강도와 내연성을 가지고 있는 동시에 절연성을 지닌 섬유라니.

처음에는 도무지 믿기지 않았지만, 설명을 모두 들은 그들은 이내 불가능하지 않다는 판단을 내렸다.

다만 원리적으로 가능할 뿐, 명확한 이론을 정립하여 실제로 개발해 내기까지는 수많은 연구를 반복해야 할 것이라는 말을 덧붙였다.

마지막에 부정적인 의견이 덧붙었지만 조나단 듀퐁은 개의치 않았다.

그에겐 실현 가능성이 있다는 것이 무엇보다 중요했다. 실현 가능성만 있다면 얼마든지 인력과 돈을 쏟아부어 실현시킬 수 있는 능력이 그에겐 있었다.

차준후가 정말 케불라의 이론을 정립하고 있는 것이 사실이라면, 어떻게든 거래를 성사시켜야 했다.

아직 이론뿐인 케불라와 완성된 라이쿠라를 교환하는 것이지만, 케불라를 완성시킬 자신이 있는 조나단 듀퐁에겐 이건 새로운 기회였다.

'조나단 듀퐁……. 자서전 속 인물과 직접 대화를 나누게 되니 신기한 기분이네.'

이 시기에 아직 조나단 듀퐁의 이름은 크게 알려지지 않았지만, 21세기에는 제법 이름이 알려진 인물이었다.

다른 듀퐁가의 사람들이 전문 경영인들에게 회사를 맡긴 채 유유자적한 생활을 즐길 때, 조나단 듀퐁만큼은 놀고먹으며 방탕하게 지내지 않고 자신의 사업을 일구는 데 집중했다.

그리고 진행하는 사업을 차례차례 성공시키며 탁월한 수완을 세상에 증명한 인물이었다.

그런 능력 있는 사업가가 지금 눈앞의 나타난 것이다.

그리고 이 모든 것은 차준후의 계획했던 대로이기도 했다.

'자서전을 읽어 둬서 정말 다행이야.'

차준후는 회귀 전 성공한 사람들의 자서전을 즐겨 읽었다.

그리고 그중에는 조나단 듀퐁의 자서전도 있었고, 그 자서전에는 조나단 듀퐁과 라이쿠라를 개발한 조셉 쉬버 박사의 관계가 적혀 있었다.

사실 차준후는 조셉 쉬버가 에릭 케이스를 설득할 가능성은 매우 낮다고 봤다. 일반적으로 화학자의 조언을 따라 사업의 방향을 바꾸는 일은 생각하기 어려웠기 때문이다.

하지만 에릭 케이스를 설득하지 못해도 상관없었다. 아니, 그게 오히려 차준후가 노리는 바였다.

케불라의 가치를 이해하고 있는 조셉 쉬버라면 결국 조나단 듀퐁에게 도움을 청할 수밖에 없을 테니까.

처음부터 차준후가 직접 조나단 듀퐁에게 접촉하는 방법도 있었을 테지만, 은사인 조셉 쉬버의 부탁을 받고 움직이도록 만드는 편이 더욱 그가 거래를 받아들일 확률이 높다고 생각해서 짠 그림이었다.

그리고 다행히 예상했던 그림대로 상황이 흘러갔다.

"저도 이렇게 조나단 씨와 대화를 나눌 수 있게 됐으니 오히려 잘된 일이겠군요."

조나단 듀퐁이 차준후와의 만남을 기회라 여기고 있었지만, 지금의 만남을 기회라 여기는 것은 차준후 또한 마찬가지였다.

"차준후 대표님께서는 다양한 사업에 관심이 많으신 듯한데, 혹시 방직 사업에도 관심이 있으십니까?"

"방직 사업 말입니까?"

차준후가 되묻자 조나단 듀퐁이 목소리를 낮추며 이야

기했다.

"제가 동남아에 방직 공장을 세우려고 하는데 대표님의 고견을 듣고 싶습니다."

"괜찮은 선택이군요. 대부분의 방직 기업들이 모여들고 있는 홍콩으로 간다면 안정성은 갖출 수 있겠지만, 그만큼 다른 기업들과 이윤을 나눌 수밖에 없게 되겠죠. 하지만 동남아라면 처음엔 쉽지 않겠지만, 확고히 자리를 잡는다면 동남아 시장을 선점하며 커다란 이익을 얻을 수 있을 겁니다."

방직업은 전형적인 노동집약형 산업 중 하나로, 사업 지출에서 인건비가 차지하는 비중이 굉장히 컸다.

그에 수많은 기업이 인건비가 저렴하면서도 빠르게 성장하고 있는 홍콩으로 모여들고 있었다. 실력 있는 기업과 사업가들이 홍콩 시장을 차지하기 위해 치열한 경쟁을 벌이고 있었다.

사람과 돈이 몰리는 자본 시장에서 치열한 경쟁은 당연했다.

'하지만 조나단 듀퐁은 말레이시아에서 방직 사업을 시작하지.'

원 역사에서 조나단 듀퐁은 다른 기업들이 이미 뛰어든 홍콩이 아닌 동남아 쪽으로 시선을 돌렸고, 그중에서도 방직업이 크게 성장세를 보이는 말레이시아에 방직 공장을 세웠다.

조나단 듀퐁의 사업은 거침없이 성장했고, 말레이시아를 시작으로 해서 동남아 곳곳에 방직 공장을 늘려 나갔다.

그리고 이내 동남아 방직 시장 1위로 등극하였다.

미국에서는 사양 산업으로 몰리던 방직 산업을 동남아에서 화려하게 성공시킨 것이었다.

"와! 듣자마자 바로 제 의도를 알아차리시네요!"

조나단 듀퐁은 소름이 돋았다.

다른 이들에게 방직 사업에 대한 이야기를 꺼내면 전부 홍콩만 거론했고, 동남아는 리스크가 너무 크다며 반대했다.

하지만 조나단 듀퐁은 그렇게 생각하지 않았다.

이미 소문난 시장에 뛰어들어 봤자 얻을 수 있는 이익은 크지 않았다. 그리고 그것은 그가 바라는 바가 아니었다.

지금 당장은 안정성을 갖춘 홍콩 시장이 매력적일지 몰라도, 조금만 세월이 흘러도 홍콩의 매력은 뚝 떨어지게 될 터였다.

"맞아요. 저도 그래서 동남아를 선택했어요."

"탁월한 선택입니다."

차준후가 시대의 흐름에 따르지 않고 직접 개척해 나가

는 조나단 듀퐁을 선택을 추켜세웠다.

"하는 사업마다 족족 성공하는 차준후 대표가 긍정적인 답을 주니 안심이 되네요. 다른 사람들이 전부 반대를 하는 탓에 제 판단이 틀렸나 걱정이 많았거든요."

물론 다른 이들이 반대한다고 해서 조나단 듀퐁은 자신의 결정을 바꿀 생각은 없었다. 실제로도 그는 원 역사에서 결국 말레이시아에서 사업을 시작했고 말이다.

"흐음…… 혹시 투자해 볼 생각 있으신가요?"

조나단 듀퐁이 속내를 밝혔다.

그는 말레이시아를 시작으로 동남아 방직 시장을 선점할 계획을 하고 있었다. 그리고 그것을 위해서는 초반부터 공격적인 투자가 필요했다.

그러나 가문 내에서는 동남아에서 사업을 시작하는 것을 반대하는 탓에 가문의 힘을 빌리기가 쉽지 않았다.

그래서 최근 그는 믿을 만한 사람들을 만나고 다니며 투자를 제의하는 중이었다.

그리고 원 역사에서 투자를 해 주었던 인물을 만나기 전에 차준후와 만나게 되며 지금 미래가 바뀌고 있었다.

'투자?'

차준후는 순간 자신의 귀를 의심했다.

미국의 가장 부유한 4대 가문 중 하나인 듀퐁가의 일원이 투자를 요청하다니 믿기 힘든 일이었다.

'생각지도 못한 행운까지 알아서 찾아오는구나.'

수많은 이가 우려했으나 결국 동남아에서 사업을 크게 성공하며 이윽고 동남아 방직 시장에서 1위에 올라서는 조나단 듀퐁이었다.

성공도 그냥 성공이 아닌, 대성공을 거두는 사업에 투자할 수 있는 예상치 못한 행운이 찾아온 것이었다.

차준후는 떨리는 마음을 애써 감춘 채 내색하지 않으며 입을 열었다.

"투자하죠. 다만 얼마나 투자하느냐가 문제인데, 투자 기획서는 있나요?"

차준후가 형식적으로 물었다.

묻고 따지지도 않고 많은 금액을 투자하고 싶었지만 그래도 절차가 있는 법.

"물론이죠."

케불라에 대해서 들으려고 했던 조나단 듀퐁이 어쩌다 보니 투자에 대해서 이야기하고 있었다.

"바로 기획서를 가지고 오겠습니다."

최근 투자자를 찾느라 고생을 했던 조나단 듀퐁 또한 예상치 못하게 투자자를 만나게 되자 흥분을 감추지 못했다.

그는 허둥지둥 사이클에서 내려와 차에 있는 투자 기획서를 가져오기 위해 주차장으로 향하려 했다.

그때였다. 어느새 러닝머신을 끝마치고 실비아 디온이 옆에 다가와 있었다.

"조나단, 오랜만이네."

"실비아! 잘 지냈어?"

"응. 나야 뭐 똑같이 잘 지내고 있어."

디온 가문과 듀퐁 가문 같은 명문가에서는 자제들끼리 사교계에서 교류하는 일이 잦았기에 실비아 디온과 조나단 듀퐁은 어렸을 적부터 알고 지낸 사이였다.

"대표님은 나랑 운동해야 하니까 투자 이야기는 운동이 다 끝나고 나서 하도록 해. 대표님, 어제는 하체 운동을 했으니까, 오늘은 상체 운동을 하시죠."

"예? 아, 네. 조나단 씨, 투자 이야기는 운동을 모두 끝마친 뒤에 나누도록 하시죠."

어차피 투자를 진행하기 위해서는 밟아야 할 절차가 많았다. 당장 조금 서두른다고 해서 빨리 진행할 수 있는 문제가 아니었다.

"네. 나머지 이야기는 운동 끝나고 합시다."

"기다리겠습니다. 천천히 운동하세요."

실비아 디온이 차준후를 데리고 근력운동기구로 향했다.

그런 둘을 바라보던 조나단 듀퐁이 재빨리 움직였다.

조나단 듀퐁은 엘리베이터를 타고 지하까지 가서 투자

기획서를 가지고 왔다. 그리고 서류를 들고서 차준후의 운동이 끝나기만을 기다렸다.

'빨리 기획서를 보여 주고 싶은데, 언제 운동이 끝나려나?'

조나단 듀퐁의 시선이 차준후를 따라다녔다.

당장 운동을 멈추게 만들고, 카페로 데리고 가고 싶은 심정이었다.

'기획서를 보면 어떤 반응을 보일까?'

심혈을 기울여서 직접 작성한 서류들이었다.

말 몇 마디만으로 자신의 뜻을 알아차린 차준후라면 제대로 평가해 주리란 기대가 들었다.

'얼마나 투자를 해 주려나? 많으면 좋겠는데…….'

조나단 듀퐁은 최대한 많은 투자금을 원했다.

단숨에 시장을 선점하기 위해서는 초반부터 막대한 투자를 신행하며 공격적으로 나설 필요가 있었다.

'투자만 받을 게 아니라, 이번 기회에 SF 패션과 미리 거래를 뚫어 놓는 것도 방법이겠어.'

신생 기업임에도 불구하고 메이저 의류업체들과 어깨를 나란히 한 채 경쟁을 하고 있는 SF 패션이었다.

동남아 방직 공장에서 생산한 원단을 SF 패션에 공급하는 거래를 미리 맺어 둔다면, 사업이 조금 더 안정성을 갖출 수 있었다.

공장을 세우기 전에 공급처부터 만들어 둔다는 꿈같은 이야기였다.

꽉 막혔던 사업 계획이 차준후를 만나면서부터 술술 풀려나가고 있었다.

"하나만 더요."

"아까도 하나만 더한다고 했잖아요?"

"이번이 진짜 마지막이에요. 이 순간에 하는 운동이 효과적이에요. 조금만 더 힘을 내 보세요, 대표님."

실비아 디온이 아주 체계적으로 차준후를 운동시키고 있었다.

차준후의 이마에는 땀이 흐르고 있었고, 운동복은 땀으로 몸에 찰싹 달라붙어 있는 상태였다.

"끄응!"

차준후가 힘을 줘서 손잡이를 밀어 올렸다. 근육이 부들부들 떨렸다.

운동하기에 좋은 무게를 실비아 디온이 맞춰 놓았는데, 3세트를 하고 난 뒤에 마지막, 그리고 또 마지막 운동을 하고 있었다.

이놈의 마지막은 왜 이리도 많은 것인지.

"수고하셨어요."

실비아 디온이 방긋 웃으며 이야기했다.

그녀는 차준후의 건강을 챙겨 주면서 함께 운동하는 지

금 시간이 너무나도 즐거웠다.

"운동 끝나셨나요?"

기다리고 있던 조나단 듀퐁이 재빨리 다가서서 물었다.

차준후는 더 운동을 했다가는 숨이 넘어갈 듯한 모습이었다.

"네. 샤워하고 나올게요."

"그냥 이야기해도 괜찮습니다."

조금이라도 빨리 기획서를 보여 주고 싶은 조나단 듀퐁이었다.

"그럴 수는 없죠. 빨리 샤워하고 나오겠습니다."

예의가 아니었다. 진한 땀 냄새가 나고 있었기에 차준후가 곧바로 샤워실로 향했다.

"이야기해 둘 테니까 대표실에서 기다려."

"고마워."

"비서실장인 내가 해야 하는 일이야."

"고생이 많다."

"고생? 즐거워서 하는 일이야."

실비아 디온이 환하게 웃었다.

항상 별다른 표정 없이 차가운 표정을 짓기에 어릴 때부터 얼음공주라고 불리던 그녀였다.

그랬던 그녀가 지금은 저토록 환하게 미소 짓고 있었다.

어렸을 적부터 실비아 디온과 알고 지낸 조나단 듀퐁이기에 더욱 놀라운 광경이었다.

"많이 변했네?"

"재미있으니까. 궁금한 게 있으면 나중에 대화하자. 대표님을 보좌하려면 바쁘게 움직여야 하니까."

실비아 디온이 웃으면서 여성 샤워실로 향했다.

빨리 씻고 나와야 했다. 늦었다가는 비서실장으로서 차준후의 옆에서 머무를 수 있는 시간이 줄어들 테니까.

* * *

SF 헬스클럽 본점의 대표실.

차준후와 조나단 듀퐁이 마주 앉은 책상 위에는 아이스 아메리카노와 차, 다과 등이 준비되어 있었다. 실비아 디온이 빨리 씻고 나와 세팅해 둔 것이었다.

"그런데 투자 기획서에서는 사업을 시작할 나라가 아직 미정으로 적혀 있네요?"

"아직 동남아의 어느 나라에서 시작할지는 고민 중이라서요."

"생각해 두신 후보국은 있나요?"

서류를 모두 살펴본 차준후가 물었다.

혹시라도 역사와 달라진 부분이 있는지 살펴보기 위함

이었다. 자신의 개입으로 방직 공장을 세울 국가가 달라지면 큰일이었기 때문이다.

"일단 1순위로는 말레이시아를 염두에 두고 있습니다."

조나단 듀퐁이 속내를 밝혔다.

다행히도 역사와 바뀌지 않았다.

"좋네요. 투자하겠습니다."

차준후가 선언했다.

"감사합니다."

"좋은 투자 기획서를 가지고 와 주신 걸 제가 고마워해야 할 일이죠."

"크윽!"

조나단 듀퐁이 앓는 소리를 내뱉었다.

그동안 마음고생을 많이 했었다.

그런데 차준후의 이야기를 들으니 그 마음고생이 눈 녹은 듯이 사라지고 있었다. 그동안의 모진 시련은 모두 차준후를 만나기 위해서였는지도 몰랐다.

"투자금으로 얼마를 원하시나요?"

"음! 많을수록 좋습니다. 방직 공장을 가능한 크게 짓고 싶으니까요."

"원하는 만큼 투자하죠."

차준후가 호쾌하게 말했다.

"제가 얼마나 많은 금액을 원할지 모르잖습니까?"

"충분히 감당할 수 있습니다. 그리고 많이 투자하면 많이 얻을 수 있지 않겠습니까. 저는 투자금이 많을수록 좋습니다."

성공이 보장된 조나단 듀퐁에게 많은 투자를 하고 싶은 차준후였다.

하지만 차준후는 그것으로 터무니없는 지분을 요구할 생각은 없었다.

지금의 조나단 듀퐁은 뛰어난 안목을 갖추고 있었지만, 아직 노련함은 갖추지 못한 애송이였다.

지금이라면 막대한 투자금을 대가로 터무니없는 지분을 요구하더라도 받아 낼 수 있을지도 몰랐다.

그러나 차준후에겐 그럴 생각이 조금도 없었다.

훗날 조나단 듀퐁은 훗날에는 방직 시장에서 거둔 성공을 기반으로 조선, 항공, 부동산 시장까지 진출하며 잇따라 성공을 거두어 낸다.

지금 우호적인 관계를 형성해 둔다면 미래에 그가 펼칠 또 다른 사업에도 투자를 할 수 있을지도 몰랐다.

방직 사업 하나에서 큰 이익을 얻겠다고 무리한 지분을 요구하는 것은 황금알을 낳는 거위의 배를 가르는 격이었다.

차준후는 적절한 이득을 취하는 선에서 조나단 듀퐁의 사업을 지원하며 우호적인 관계를 형성할 계획이었다.

그리고 무엇보다 지금은 스카이 포레스트의 계열사들을 챙기는 것만으로도 충분히 벅찼다.

"음…… 정확한 투자금과 관련해서는 제가 사업 계획을 조금 더 구체화한 후에 이야기를 나눠도 괜찮겠습니까?"

조나단 듀퐁은 조심스럽게 대답했다.

차준후를 상대하고 있자니 가문의 어른들이 떠올랐다.

차준후에게선 듀퐁가를 좌지우지하는 최고 위원회의 어른들에게서 느꼈던 묵직한 위압감이 느껴졌다.

'투자금을 함부로 받으면 문제가 될 수도 있어.'

조나단 듀퐁은 자신이 지나치게 흥분했다는 사실을 깨닫고는 침착하게 생각을 정리할 시간이 필요하다고 느꼈다.

차준후가 아무런 대가도 없이 투자할 리는 없었다.

무작정 많은 투자금을 원한다고 이야기했지만, 지나치게 투자금을 받았다가는 생각 이상으로 지분을 넘겨줘야 할 수도 있었다.

투자금에 따라 지분을 넘겨주는 건 당연한 일이니 그 자체는 문제가 아니었다.

문제는 차준후가 더 많은 지분을 보유하게 되어 경영권을 위협할 수 있게 될 때였다.

아무리 투자가 급하다지만 그런 문제를 안고 사업을 할 수는 없었다.

"좋습니다. 투자금과 관련해서는 다음에 다시 이야기를 나누도록 하죠. 그리고 그때 차등의결권에 대해서도 논의했으면 합니다."

조나단 듀퐁이 무엇을 걱정하는지 깨달은 차준후가 그의 우려를 불식시켜 줬다.

투자자는 보유 지분에 따른 의결권을 지니게 된다.

일반적으로는 모든 주식은 지분율에 따라 동등한 의결권을 부여받지만, 일부 주식에 한해서는 다른 주식들과 다른 비율로 의결권을 부여할 수 있는 제도가 바로 차등의결권이었다.

"그 말씀은……."

"물론 제가 아닌, 조나단 씨의 지분에 더 많은 의결권을 부여하자는 이야기입니다."

차등의결권 제도를 도입한다면, 차준후가 이번 사업의 자본금을 50% 이상을 투자한다고 해도 조나단 듀퐁이 더 많은 의결권을 보유하는 게 가능했다.

이것으로 조나단 듀퐁이 경영권을 빼앗길 우려는 단숨에 날아가 버렸다.

그러나 의문이 들 수밖에 없었다.

'도대체 왜?'

방직 사업을 홍콩이 아닌 동남아에서 시작하는 것은 굉장한 모험이었다.

실제로 수많은 이가 우려를 표했고, 그 탓에 투자자를 오랫동안 구하지 못한 것이기도 했다.

 그런 리스크 있는 사업에 투자를 하는 것이다. 그것도 엄청난 금액을.

 조나단 듀퐁으로서는 차준후가 다소 무리한 요구를 해도 받아들일 수밖에 없을 텐데, 오히려 자신에게 유리한 조건을 제시하니 의아하기만 했다.

 대체 뭔데?

 왜 이렇게 잘해 주는 거야?

 너무 좋은 조건을 제시하니까 더 의심스럽잖아.

 하지만 정말 차등의결권을 시행하기만 한다면 아무런 걱정도 할 게 없었다.

 "그렇게까지 말씀해 주시니 최대한 많은 금액을 요구해야겠네요."

 물론 투자받는 만큼 지분을 나눠 줘야겠지만, 그것은 합당한 거래였다. 경영권을 위협받지만 않는다면 아무런 문제도 되지 않았다.

 "그 부분은 아까 말씀하신 것처럼 신중하게 천천히 고민해 보도록 하시죠. 그보다 저를 찾아오신 이유가 이것 때문이 아니셨을 텐데, 이제 본론으로 넘어가 볼까요?"

 투자 건에 대한 이야기가 마무리된 듯하자 차준후가 대화의 방향을 틀었다.

애당초 조나단 듀퐁과의 만남을 유도한 이유는 그의 사업에 투자하기 위함이 아니었다.

"아! 라이쿠라와 케불라에 대해 이야기를 나누려고 찾아온 거였죠. 제가 흥분해서 본래 목적을 잠시 잊고 있었네요."

조나단 듀퐁이 흥분을 가라앉히려고 노력했다.

여전히 심장이 두근거리고 있었지만 이내 냉철함을 되찾았다.

'조나단 듀퐁과의 인연은 나중에 큰 도움이 될 거야.'

차준후가 아이스 아메리카노를 한 모금 마시면 내심 미소 지었다.

엄청나게 재산을 불려 줄 호박이 알아서 넝쿨째 데굴데굴 굴러 들어왔다.

하지만 어찌 보면 방직 사업에 투자하여 벌어들일 막대한 수익은 사소한 이득에 불과했다.

때로는 사람을 안다는 사실 자체가 큰 힘이 되기도 한다.

여러 준비 과정을 통해서 차준후는 듀퐁가의 기린아로 불리던 조나단 듀퐁과의 인연을 아주 좋게 시작했고, 투자를 통해서 튼튼하게 만들어 버렸다.

훗날 듀퐁가의 최고위원회의 일원으로 자리 잡는 조나단과의 인연은, 차준후가 럭셔리 클럽을 오픈하며 목적으로 삼았던 그 어떤 상류층 인물과의 인맥보다 엄청나다 할 수 있었다.

"라이쿠라 기술 특허 문제는 제가 숙부님을 만나 뵙고 설명드려 보겠습니다."

잠시 대화를 나눠 본 게 전부였지만, 조나단 듀퐁이 느낀 차준후는 결코 사기꾼이 아니었다.

그렇다면 이건 고민할 문제가 아니었다.

"숙부님이요?"

"제 대부이기도 하신데, 가문의 큰어르신 중 한 분이십니다. 가문 내에 영향력이 엄청나신 분이시죠."

조나단 듀퐁의 숙부는 최고 위원회의 일원으로, 듀퐁가의 엄청난 영향력을 지닌 인물이었다.

물론 터무니없는 일이라면 아무리 최고 위원회의 일원이라 할지라도 막무가내로 일을 진행시킬 수는 없었다.

최고 위원회의 위원들은 기본적으로 서로 협력하며 가문의 이익을 추구하지만, 서로 더 많은 가산을 차지하기 위해 파벌이 형성되어 있어 경쟁을 펼치기도 했다.

그렇기에 최고 위원회의 위원이라 할지라도 상대 파벌의 위원에게 책이 잡힐 만한 일은 진행할 수 없는 것이었다.

하지만 조나단 듀퐁은 아무런 문제도 없다고 여겼다. 이런 거래는 듀퐁가가 얻게 되는 것이 더 많았으니까.

'이건 숙부님이 앞으로 치고 나갈 기회야.'

오히려 이번 일이 숙부에게 큰 도움이 될 것이라 조나단 듀퐁은 확신했다.

차준후가 조나단 듀퐁과의 인연을 만들기 위해 굴린 일들이 점점 더 커져 갔다.

미국 4대 부자 가문 가운데 하나로 손꼽히는 듀퐁가가 차준후를 주목하게 됐다.

제11장.

지름길

지름길

화창한 날이었다.
"좋은 아침입니다."
커피 한 잔을 손에 든 합성섬유 사업본부장 에릭 케이스가 직원들에게 인사를 건네면서 출근했다.
본부장실로 가기 위해서는 직원들이 일하고 있는 공간을 지나쳐 가야 했다.
"……안녕하세요. 본부장님."
"……좋은 아침이에요."
직원들의 반응이 평소와 조금 달랐다.
어색하다고 할까? 다소 굳은 듯한 표정으로 인사를 했다.
뭔가 문제가 생긴 것이 틀림없었다.

"무슨 일이 있나요? 문제가 있으면 제게 알려 주세요. 해결해 드릴 테니까요."

에릭 케이스가 밝은 목소리로 말했다. 문제가 발생하면 본부장인 그가 직접 나서서 해결하고는 했다.

그런데 오늘따라 눈길이 마주친 부장을 비롯한 부하 직원들이 고개를 슬며시 돌렸다.

아주 어려운 일이 벌어진 건가?

이 불편한 상황이 무엇 때문에 일어났는지 에릭 케이스는 무척이나 답답했다.

"케인 부장, 본부장실로 따라오세요."

"네."

에릭 케이스가 오른팔이나 다름없는 부장을 데리고 본부장실로 향했다.

"대체 무슨 일인데 제대로 말을 못하는 건가요?"

의자에 털썩 주저앉은 에릭 케이스가 물었다.

답답했다. 문제가 있으면 해결하면 그만이었다.

"……이야기를 전혀 듣지 못하셨습니까?"

슬며시 눈치를 살피는 케인 부장이 말을 꺼내기 어려워했다. 상당히 미안한 표정으로 에릭 케이스를 바라보고 있었다.

"무슨 이야기? 답답하니까 말 돌리지 말고 속 시원하게 말해 봐요."

"본부장님께서 일본 지사장으로 발령이 나셨다는 공고가 올라왔습니다."

"뭐, 뭐라고요?"

에릭 케이스의 눈이 찢어질 듯이 커졌다.

듀퐁사에서는 일본 지사 설립을 준비 중이었고, 그에 따라 신규 직원 채용과 함께 본사의 중역을 지사장으로 파견할 것을 예정해 두고 있는 상황이었다.

그러나 불과 어제까지만 해도 에릭 케이스가 일본 지사장으로 발령된다는 이야기는 일절 나온 적이 없었다.

한 국가의 지사장으로 발령이 난다는 건 다른 이들에게는 영전이었다.

그러나 듀퐁사의 핵심 사업 중 하나인 합성섬유 본부장 자리에서 일본 지사장으로 발령이 난다는 건 영전이 아닌 좌천이었다.

"네. 오늘 아침에 공고문이 사무실 게시판에 붙었습니다."

공고문이 붙었다는 건 확정된 사안이라는 뜻이었다.

경영진에서도 에릭 케이스의 일본 지사장 건을 승낙했고, 에릭 케이스는 꼼짝없이 일본으로 향해야 한다는 소리였다.

경영진의 조치가 마음에 들지 않으면 사표를 내던지는 수밖에 없었.

"말도 안 돼."

에릭 케이스는 지금 들은 이야기를 믿기 힘들었다.

그동안 합성섬유 본부장으로서 맡은 일을 성실히 수행하면서 적지 않은 성과를 만들어 냈고, 또 경영진에게 신임을 받고 있었다.

심지어 몇 년 뒤면 임원으로 승진할 수 있을 거라는 평가까지 받던 상황이었다.

이렇게 갑자기 하루아침에 좌천당한다는 건 말이 되지 않았다.

벌컥!

그가 본부장실 문을 열어젖히고는 공고문이 붙었다는 게시판을 향해 내달렸다.

"어떻게 이런 일이……."

에릭 케이스의 두 눈이 공고문에 고정되었다.

공고문에는 정말로 그가 일본 지사장으로 발령한다는 내용이 담겨 있었다.

직접 보고도 믿기지가 않았다.

터덜터덜 본부장실로 되돌아온 그의 머릿속에는 온갖 의문이 피어올랐다. 그리고 뭔가 착오가 있었을 것이라며 현실을 부정했다.

하지만 애석하게도 진실이 바뀌는 일은 일어나지 않았다.

도무지 지금 상황을 납득하고 넘길 수 없었던 에릭 케이스는 전화기를 들었다.

"에릭입니다, 선배님. 도무지 납득할 수 없는 일이 벌어져서 연락드렸습니다."

에릭 케이스가 전화를 건 상대는 전임 합성섬유 사업본부장이자, 지금은 이사가 된 인물이었다. 그는 에릭 케이스가 사업본부장 자리에 오르기까지 앞에서 이끌어 준 대학교 선배이기도 했다.

- 에릭.

"대체 무슨 일입니까? 제가 왜 일본 지사로 가야만 하는 겁니까? 이건 부당한 조치입니다."

- 진정하게나.

"제가 지금 진정하게 됐습니까?"

- 하아! 내가 자네를 위해 닦아 놓은 임원으로의 길을 자네가 걷어찼어.

"도대체 제가 뭘 걷어찼다는 겁니까! 납득이 되게 제대로 설명해 주십시오!"

- 나도 자세한 내용은 몰라. 다만 확실한 건 내가 알아본 바에 따르면 자네 인사이동은 듀퐁가의 최고 위원회에서 내린 결정이야.

에릭 케이스는 그가 무척 신뢰하고 아끼는 부하 직원이었다.

다만 에릭 케이스를 합성섬유 본부장에 오르기까지 이끌어 준 것은 단순히 그 이유 때문만은 아니었다.

높은 자리에 올라서기 위해서는 자신만 뛰어나서는 되는 일이 아니었다. 밑에서 단단하게 받쳐 줄 수 있는 부하 직원들이 필요했다.

그는 에릭 케이스가 그런 부하 중 한 명이 되어 주길 바랐다. 그래서 오랜 시간 공을 들여 에릭 케이스 또한 임원으로 올라설 수 있도록 준비를 하던 중이었다.

그런데 그 모든 노력이 물거품이 되어 버렸다.

에릭 케이스의 좌천은 그에게도 아픈 일이었다.

"예? 듀퐁가의 최고 위원회에서요? 아니, 그들이 도대체 왜 저를……!"

- 그들이 왜 그랬느냐는 중요하지 않아. 그들이 결정을 내린다면 그것이 설령 부당한 일이라 할지라도 회사는 따를 수밖에 없으니까.

듀퐁사의 진정한 주인은 바로 듀퐁가였다.

듀퐁가의 최고 위원회에서 결정했다면 듀퐁사는 받아들일 수밖에 없었다.

"……설마?"

순간 에릭 케이스의 뇌리에 조셉 쉬버가 후회할 거라며 본부장실을 나서던 모습이 떠올랐다.

그저 분에 못 이겨 소리친 것이라고만 생각했다.

그런데 진짜로 그가 경고한 대로 후회할 상황이 벌어지고 말았다.

"며칠 전에 조셉 쉬버 박사와 한바탕했었는데…… 아니, 그런데 조셉 쉬버 박사가 듀퐁가의 최고 위원회를 움직일 정도의 힘을 가지고 있었습니까?"

- 음…… 안 그래도 그 일과 연관되어서 떠도는 말이 있긴 한데…….

"뭐든 좋습니다. 말씀해 주세요. 제가 왜 일본으로 좌천됐는지는 알아야 하지 않겠습니까?

- 스카이 포레스트 차준후 때문이라는 말이 떠돌고 있네.

"네?"

뜬금없는 이름이었다.

차준후가 뭐라고 이런 일을 벌일 수 있단 말인가?

아무리 요즘 잘나간다고 해 봐야 듀퐁사에는 견줄 수 없는 회사의 대표에 불과했다.

그런 그가 도대체 무슨 수로 듀퐁가의 최고 위원회를 움직인다는 말인가?

"아니, 고작 일개 사업가가 어떻게 최고 위원회를 움직인다는 말입니까?"

- 그가 이론을 정립한 케불라라는 새로운 합성섬유 때문이라고 들었네. 자네가 조셉 쉬버 박사와 다툰 이유도

그 때문이고.

"그렇기는 합니다만…… 그건 정말 말도 안 되는……."

- 각 분야의 전문가들뿐만 아니라 최고 위원회도 그의 이야기가 신빙성이 있다고 판단을 내렸네. 그런데 자네가 하마터면 듀퐁사에 큰 기회가 될 수 있었던 일을 걷어찰 뻔했던 거야.

아직 떠도는 소문에 불과했지만, 그는 이번 사건이 케불라 때문이라고 확신하고 있었다.

이쯤 되자 에릭 케이스도 그렇게 생각했다. 아니, 그것 말고는 다른 이유가 떠오르는 바가 없었다.

"선배, 제가 차준후 대표를 만나서 이야기를 나눠 보겠습니다."

무릎을 꿇고 빌어서라도 어떻게든 이번 인사이동을 없던 일로 만들어야 했다.

- 에릭.

"예, 선배."

- 이번 인사이동은 이미 결정된 사안이야. 자네가 할 수 있는 건 회사의 명령을 따르거나, 아니면 불복종하고 회사를 떠나거나 둘 중 하나뿐이네. 차준후 대표와 이야기를 나누는 건 새로 선임될 합성섬유 본부장이 될 걸세.

그는 냉정하게 선을 그었다.

듀퐁가의 최고 위원회에게 밉보인 에릭 케이스를 도우

려고 했다간 오히려 자신까지 같이 좌천될 수도 있는 일이었다.

- 어떤 결정이 자네에게 최선인지 잘 생각해 보게나. 이만 끊겠네.

전화가 끊겼다.

에릭 케이스가 전화기를 든 채 아무 말도 하지 못했다.

돌이킬 수 없는 사태가 벌어졌다.

한번 틀어진 일은 다시 주워 담을 수 없는 법이었다.

듀퐁가의 최고 위원회에 찍힌 이상, 다시 듀퐁 본사로 돌아온다는 건 불가능한 일이었다. 일본 지사에서 정년까지 보내야 할 수도 있었다.

"내가 대체 누구를 건드린 건가?"

이제야 자신이 사람을 잘못 건드렸다는 사실을 깨달은 에릭 케이스였다.

에릭 케이스는 두려움이 마구 밀려왔다. 언론에서 미구 떠들던 천재 차준후의 대단함을 비로소 알게 됐다.

듀퐁사 합성섬유 본부장이라는 위치에 있다고 거만을 떨었던 것이 커다란 잘못이었다.

본부장의 위치에서 떨어지고 나서야 그걸 알았다.

겸손했어야 했다.

걸려 오는 전화들을 가볍게 여기지 않고 진지하게 들었어야 했으며, 만나는 사람들에게도 정중하게 대하고 함부로 대해서는 안 됐다.

사회적으로 조금 더 우월한 위치에 있다고 오만하게 행동한 대가가 돌아온 것이었다.

소 잃고 외양간 고친다고, 너무 늦은 깨달음이었다.

* * *

- 안녕하십니까. 오늘부로 새롭게 부임한 합성섬유 사업본부장 마이클 트리드입니다.

굉장히 친절한 목소리였다.

"아, 반갑습니다. 차준후입니다."

전화를 받은 차준후가 웃었다.

통화는 이렇게 서로 예의를 지켜 가면서 기분 좋게 해야지.

얼마 전에는 자신이 먼저 전화를 걸었는데, 이번에는 듀퐁사에서 먼저 연락을 준 것이다. 듀퐁사에서 차준후를 중요하게 생각한다는 방증이었다.

고작 며칠 만에 이렇게 입장이 뒤바뀌다니, 웃음이 절로 나왔다.

'그나저나 본부장이 바뀌었네.'

조나단 듀퐁과 만나서 이야기를 나눈 게 고작 일주일 전이었다. 그런데 그사이에 합성섬유 사업본부장이 바뀌는 일이 벌어진 것이다.

　무슨 일 때문에 이렇게 된 것인지 짐작한 차준후는 쓴웃음을 지었다.

　딱히 에릭 케이스의 처지가 안타깝다는 생각은 들지 않았다.

　'전임 본부장의 자업자득인가? 아니, 내가 싫다는 분위기를 내비쳐서 그런가?'

　만약 에릭 케이스가 제안을 거부했더라도 정중한 태도를 보였다면 무언가 조치를 취해 줬을지도 모르겠지만, 그는 도를 넘은 무례함을 보여 주었다.

　차준후로서는 그에게 앙금이 남아 있을 수밖에 없었다.

　그렇기에 조나단 듀퐁에게 협력이 잘되는 본부장과 이야기를 하고 싶다고 주문해 뒀다. 그것이 영향력을 발휘한 것이 틀림없었다.

　이야기가 잘 통하는 사람과 협력해도 쉽게 틀어지는 게 바로 사업이었다. 듀퐁사와 원활하게 협력하고 싶은 차준후였다.

　-직접 만나 뵙고 인사를 드리는 게 도리이나, 한시라도 빨리 좋은 소식을 전달드리고 싶어서 전화로 연락드렸습니다.

　"좋은 소식 말입니까?"

- 대표님께서 제안 주신 라이쿠라 제조 기술 특허를 제공해 드린 건과 관련하여 승인이 떨어졌습니다.

"정말 좋은 소식이네요."

드디어 원하는 걸 손에 넣게 된 차준후였다.

이제 라이쿠라를 활용해 다른 의류업체들에선 만들지 못하는 옷을 자유롭게 만들어 낼 수 있게 되었다.

반격의 시작이었다.

- 그리고 함께 이야기를 주신 케불라에 대해서도 이야기를 나누고 싶습니다. 업무 협약이 성사되는 대로 본사에서는 케불라 연구팀을 구성할 계획입니다.

듀퐁사는 케불라의 가치를 매우 높게 평가했다. 그리고 그렇기에 그 가치를 제대로 알아보지 못한 합성섬유 본부장을 경질한 것이기도 했다.

"조셉 쉬버 박사님도 그 연구팀에 함께하실 예정이십니까? 직접 연구를 해 보고 싶다고 하셨었거든요."

차준후가 물었다.

이번 일의 일등공신이 바로 조셉 쉬버였다. 조셉 쉬버를 빼놓고 케불라를 연구해서는 곤란했다.

일등공신을 챙겨 줘야 하지 않겠는가.

- 물론이죠. 조셉 쉬버 박사님을 중심으로 팀이 꾸려지게 될 겁니다.

다만 이 모든 것은 차준후가 거래를 받아들였을 때 성

립이 가능한 이야기였다.

처음에는 차준후가 제안했을지 몰라도, 이제 키는 차준후가 쥐고 있었다.

"제 이야기에 귀를 기울여 주셨던 조셉 쉬버 박사님께서 연구를 진행해 주신다면 믿고 맡길 수 있죠. 하지만 이 이야기를 진행하기 위해서 먼저 매듭지어야 할 것들이 있지 않습니까?"

케불라의 연구는 듀퐁과 스카이 포레스트의 합동 연구로 진행될 것이었다.

언제 개발이 끝나게 될지는 모르겠지만, 케불라의 개발이 성공적으로 끝날 것임은 확실했다.

케불라의 개발이 성공했을 때 그에 따른 권리 지분 등 논의해야 할 부분이 많았다.

- 예, 물론이죠. 원하시는 조건을 말씀해 주시면 긍정직으로 검토하겠습니다.

"그러면 그 부분은 저희 쪽에서 실무진이 꾸려지면 연락드리도록 하겠습니다. 그때 제대로 논의하도록 하죠."

차준후는 디테일한 협상은 실무진들에게 맡기기로 했다.

경영자인 자신이 해야 할 일은 큰 틀에서의 방향성을 잡는 것이고, 세부적인 일을 진행하는 것은 전문가인 실무자들이 맡아서 처리하는 것이 옳았다.

─ 알겠습니다. 그러면 연락 기다리고 있겠습니다.

차준후가 전화를 끊었다.

"일이 늘어났네."

듀풍사와의 협력 과정에서 직접 해결해야 하는 일들이 상당했다. 여유롭게 사업하고 싶었지만 펼쳐 놓은 사업들이 많다 보니 점점 더 열심히 일하게 되고 있었다.

다른 소재와 결합한 라이쿠라 원단을 개발해야 했고, 케불라에 대한 지식을 꺼내서 서류를 작성해야만 했다.

차준후는 평소처럼 직접 해결할 일이 아닌 부분은 과감하게 실무진과 직원들에게 전가할 작정이었다.

삐익!

케불라 업무를 승계시키기 위해서 인터폰을 켰다.

"실비아 비서실장님."

─ 네, 대표님.

"듀풍사와 케불라 합동 연구를 진행하기로 했습니다. 그에 앞서 관련 협의를 진행해야 하니 실무진들을 구성해 주세요."

─ 알겠습니다. 바로 지시하도록 하겠습니다.

"이번에는 듀풍사를 배려할 필요 없이 저희가 합당하게 받아야 할 부분이 있다면 마음껏 받아 내라고 전해 주세요."

케불라 연구는 단순히 금전적 이익을 얻기 위해 투자하는 일이 아니었다.

차준후가 합성섬유 연구 개발에 투자를 하는 것은, 케불라를 라이쿠라와 마찬가지로 SF 패션의 무기로 삼기 위해서였다.

그런데 만약 케불라가 본래 듀퐁사의 것이었다고 해서 여러 가지를 양보했다가는 케불라를 마음껏 사용하기 어려워질 수도 있었다.

그것은 목적에 반하는 일이었다.

이번만큼은 받아 낼 수 있는 건 전부 받아 내야만 했다.

그리고 무엇보다 듀퐁사는 지금까지 협상을 해 왔던 기업들과는 달리, 이번 협상에서 조금 손해를 본다고 해도 기업 전체로 봤을 때는 큰 타격이 없을 만큼 거대한 기업이었다.

약자를 상대로는 배려가 필요했지만, 강자를 상대로는 딱히 배려가 필요 없었다.

- 실무진들이 미친 듯이 날뛰겠네요.

그동안 차준후의 지시로 거래처를 최대한 배려하며 협상하는 일이 잦았던 실무진들이었다. 그들은 그것이 못내 아쉬워서 여러 번 차준후에게 항의를 하기도 했다.

그러나 결국 차준후는 욕심을 부리지 않고 적정한 선에

서 이득을 취하길 고집했다.

그런데 이번에는 자유롭게 능력을 뽐낼 기회가 주어진 것이었다.

"판은 모두 만들어 뒀으니 걱정 말고 마음껏 일하라고 하세요."

듀퐁사는 미국을 넘어, 세계적인 대기업이다.

사회 전반에 깊숙이 자리 잡은 기술 특허를 여럿 보유하고 있는 탓에 수많은 기업이 듀퐁사의 영향력 아래에 있었다.

그야말로 압도적인 자본력과 뛰어난 기술력을 모두 지닌 대기업.

이런 기업과 동등한 자리에서 협상을 한다는 건 무척이나 어려운 일이었다.

그런데 차준후는 동등을 넘어, 우월한 위치에서 협상할 수 있도록 판을 세팅해 두었다.

실무진들에게 있어서도 다시없을 경험이 될 수도 있었다.

아니, 이건 이미 승자가 결정된 협상이나 다름없었다.

* * *

스카이 포레스트 대표실의 텔레비전에서 이철병이 나

오고 있었다.

 군사정부는 울산공업단지에 나라의 사활을 걸고 있었다. 나라의 경제를 살리기 위해서는 울산공업단지를 반드시 성공적으로 조성해 내야만 한다고 여겼다.

 그러나 울산공업단지를 만족할 만한 규모로 조성하기 위한 자금이 대한민국에는 없었다.

 현재 대한민국의 내자만으로 울산공업단지를 성공시키는 것은 현실적으로 불가능했고, 군사정부는 어떻게든 외국에서 차관을 들어오려 애썼다.

 특히 미 정부 당국에 울산공업단지 조성의 필요성을 구구절절 설명하며 차관을 간곡히 요청했다.

 그리고 그 외자 유치를 위해 대한민국을 대표해서 나선 것이 바로 국가재건촉진회였고, 지금 국가재건촉진회의 회장인 이철병이 기자회견을 하고 있는 것이었다.

「향후 10년 동안 대한민국에 필요한 투자액은 20억 달러 정도이다. 14억 달러를 외자로 충당해야 하는데, 10억 달러는 세계은행이나 수출입은행의 공공 차관을 통해 해결할 수 있다. 나머지 4억 달러는 해외의 민간 투자를 통해 충당할 계획이다.」

 이철병의 기자회견 내용이 텔레비전에서 나오고 있었

다. 국가재건촉진회의 활동을 미국 언론, 특히 CBC 방송국이 비중 있게 보도했다.

「외자를 제외한 나머지 6억 달러는 스카이 포레스트를 비롯한 대한민국의 기업들이 충분히 부담할 수 있다.」

그런데 느닷없이 스카이 포레스트를 거론하는 이철병이었다.
"갑자기?"
뜬금없는 이야기에 기자회견을 시청하고 있던 차준후가 중얼거렸다.
"외화를 빌리려는 건 이해하는데, 갑자기 스카이 포레스트를 거론하니까 당혹스럽네."
차준후가 쓴웃음을 지었다.
그러나 이철병이 저렇게 기자회견을 한 이유는 충분히 이해했다.
그도 그럴 것이 미국에서 가장 유명한 대한민국의 기업은 단연코 스카이 포레스트였다. 스카이 포레스트를 거론하지 않고서는 미국과 제대로 된 대화가 불가능했다.
지금 미국인들에게는 대한민국이라는 나라보다 스카이 포레스트라는 기업이 더욱 유명하다고 해도 과언이 아니었다.

미국인들은 대한민국에 어디에 위치해 있는지도 모르는 이들이 많았지만, 스카이 포레스트에서 무엇을 팔고 있는지는 잘 알았다.

「우리는 대한민국의 계획과 의욕을 미국에 널리 알렸습니다. 몇몇 대기업들은 구체적으로 투자할 계획을 가지고 있다고 밝혔으며, 미국 정치권도 대한민국이 적절한 수용 태세를 갖추면 3억 달러 차관을 해 줄 수 있다고 이야기했습니다.」

이철병이 희망적인 이야기만 쭉 늘어놓았지만, 아쉽게도 국가재건촉진회는 아직 단 한 건의 외자 유치 계약도 성사시키지 못했다.
"남의 돈을 빌리는 게 쉬운 일이 아니지."
더더군다나 대한민국에서 요청하는 차관의 액수는 무려 수억 달러에 달하는 엄청난 규모였다. 액수가 크니 더욱 돈이 빌리기란 쉬운 일이 아니었다.
빌린 돈을 상환할 수 있는 능력이 있는지를 비롯해 다양한 신용 조건을 모두 갖추고 나서야 돈을 빌리는 게 가능했다.
그러니 최빈국인 대한민국에서 외자를 빌리기란 더욱 힘든 게 당연했다.

"특히나 지금 대한민국 상황에선 더더욱 힘들겠지."

그도 그럴 것이 군사정변으로 인해 대한민국의 경제 활동이 위축되며 물가가 치솟았고, 실업자들은 늘어나는 악순환이 이어지고 있었다.

이런 판국에 심지어 오랫동안 비까지 내리지 않는 탓에 흉작까지 일어날 조짐을 보였다. 만약 그런 상황이 벌어진다면 대한민국의 경제는 더더욱 악화될 터였다.

이철병을 비롯한 국가재건촉진회의 경제인들이 제아무리 노력을 기울여도 미국에서 선뜻 차관을 약속하지 못하는 것은 당연하다면 당연한 일이었다.

그때였다.

따르르릉! 따르릉!

마호가니 책상 위의 전화기가 요란하게 울었다.

"전화 받았습니다. 차준후입니다."

차준후가 영어로 이야기했다.

그런데 들려오는 언어가 한국어였다.

- 성삼의 이철병이외다. 잘 지내셨소?

"바쁘게 지내고 있습니다. 기자회견은 잘 봤습니다."

- 애당초 차준후 대표가 있어야 할 자리였소.

"제 자리가 아닙니다."

그 자리가 다른 누구도 아닌 이철병이 맡아야 할 자리임을 차준후만큼은 확실히 알고 있었다.

물론 역사가 바뀌며 차준후가 그 역할을 대신할 수도 있게 됐지만, 차준후는 국가재건촉진회에 가입할 생각이 추호도 없었다.

군사정부와 조금이라도 엮일 수 있는 자리는 멀리하고 싶은 차준후였다.

- 말도 없이 스카이 포레스트를 기자회견에서 거론해서 미안하외다. 기자들이 자꾸 물어서 대답하다 보니 입 밖으로 나오게 됐소.

이철병은 차준후가 군사정부와 거리를 두고 있다는 걸 잘 알았다. 그렇기에 기자회견에서 거론한 걸 두고서 미안함을 표시했다.

"괜찮습니다. 안 좋은 일에 쓰인 것도 아니고, 그렇게 해서 차관을 들여오는 데 도움이 된다면 좋은 일이니까요."

안 좋은 곳에 스카이 포레스트이 이름을 팔았다면 학가 났을지도 모르겠지만, 나라를 위해 좋은 뜻으로 이용한 것이니 이 정도는 충분히 이해할 수 있었다.

- 그렇게 말해 주니 고맙소이다. 아직 차관을 약속받지 못했지만, 그래도 긍정적인 답변을 많이 들을 수 있었소. 이건 모두 차준후 대표와 스카이 포레스트 덕분이오.

울산공업단지에 가장 첫 번째로 들어서는 공장이 세계 최대 규모이자, 세계 최초의 천연가스 비료 공장인 스카이 포레스트의 대한비료라는 사실이 알려지자 각국의 정부를 비롯해 은행들이 긍정적인 반응을 내비쳤다.

아직 성사된 건 아무것도 없었지만, 그래도 희망이 보이는 상황이라 할 수 있었다.

"도움이 되었다니 다행입니다."

- 정치 상황이 안정되면 다시 이야기를 해 보자고 했소.

"무엇보다 정치가 안정되어야 하는데 큰일입니다."

긍정적으로 투자를 검토한 기업들도 대한민국의 불안정한 정치 상황을 문제 삼았다.

대한비료로 인해 긍정적인 의사를 드러내긴 했으나, 불과 얼마 전에 군사정변으로 정부가 바뀐 것에 우려를 표하는 것이었다.

쿠데타로 한번 정부가 바뀌었는데, 언제 또다시 그런 일이 벌어질지 알 수 없는 일이었으니 거금을 투자하기 걱정이 들 수밖에 없는 일이었다.

- 가능하면 LA에 들러서 차준후 대표와 이야기를 나누고 싶었지만, 바로 귀국을 해야 하는 탓에 그럴 수가 없어서 아쉽군요.

이번 국가재건촉진회 방미단에는 군사정부의 요인들이 함께하고 있었는데, 국가재건촉진회를 보좌한다는 명목이었지만 실질적으로는 감시였다.

이철병을 비롯한 국가재건촉진회의 경제인들은 움직일 때 군사정부의 요인들에게 일일이 허락을 구해야만 했다.
　군사정부의 승인을 받아 해외를 마음껏 돌아다닐 수 있는 차준후와 달리, 그들은 자유롭지 못했다.
　그에 이철병은 잠시 LA에 들르기를 요청했지만, 한시라도 빨리 귀국하여 보고해야 한다는 이유 탓에 허가를 받지 못했던 것이었다.
　- 언제 귀국할 건지 알려 주실 수 있겠소?
　"미국에서 처리할 문제들이 아직 남아 있습니다. 이 문제들만 모두 처리되면 귀국해야지요."
　- 차준후 대표의 귀국을 기다리는 이들이 많아서 물어봤소이다.
　이철병이 말하는 이들 중에는 군사정부 또한 포함되어 있을 것이었다.
　안 그래도 새로운 주미 한국 대사를 비롯하여 군사정부 인사들에게서도 끊임없이 연락이 오고 있었다.
　군사정부에서 차준후의 출국을 허락한 이유는 한시라도 빨리 비료 공장이 건설되길 바라서였다.
　그러나 차준후는 일의 진척 상황을 일일이 군사정부에 공유하지 않고 있었다. 군사정부 입장에선 답답할 수밖에 없는 노릇이었다.

"그리 오래 걸리진 않을 겁니다."

차준후가 정확한 날짜를 밝히지는 않았다. 군사정부에 괜히 빌미를 줄 수 있는 여지를 만들 필요는 없었다.

- 알겠소이다. 귀국하면 얼굴 한번 봅시다.

"그러시죠."

차준후로서도 대한민국의 빠른 공업화를 위해 성삼과 만나야겠다고 생각하던 차였다.

대한민국이 가난을 벗어날 수 있는 가장 빠른 지름길은 공업화에 있었고, 원 역사에서 공업화로 가장 좋은 성과를 낸 기업이 대현과 성삼이었다.

대한민국의 성장에는 성삼이 필요했다.

(내가 제일 잘나가는 재벌이다 15권에서 계속)